句集

川 kawato 音

宮岸羽合

Miyagishi Hago

CHOEISHA

句集「川音」Kawato

宮岸羽合

目次

流し撮り

大鷲の摑む前より摑む形

三脚の林立したる鷹柱

陽光と差し違へたる揚雲雀

さくらまたさくらの道のカタルシス
感嘆の符牒行き交ふ花の道
浮薄なる花なり人を騒がせて

満面の笑み背景の花暈かす
望遠レンズずしりと加ふ花疲れ
連翹のかくも闘志を滾らする

ハミングの我も加へよ百千鳥

うららかや海驢の拍手への拍手

菜の花に油を売つてゐるところ

緑陰をチェーンソーもて倒したる

残像の発端にゐる翡翠かな

翡翠を撮り損ねたり次を待つ

雲海や崩れぬままの波進む

雲台に載せ雲海を見下ろしぬ

三脚も脚を伸ばししまま昼寝

スローシャッターの音に花火の音ずれて

鯖雲や魚眼レンズにつけ替へる

釣瓶落し流星群を引き連れて

秋うらら馬駆る吾子を連写しぬ

眼睛のキャッチライトは聖樹より

シャッターの音の混み合ふ初日の出

流し撮り鷹の視線の流れゐず

獄舎

風鈴の音の重なり方十色

壁に手を当て黴臭き地階へと

先頭の他は覇気なきメーデー旗

花子なき象舎卯の花腐しかな

アトリエは匂ふに任せ梅雨に入る

ストローで探る底意や五月闇

祭枯らすな腹の底より声を出せ

蝿払ひつつ聖餐のワイン飲む

出色のエンゼルケア水中花

覇王樹の花あれは嘘といふ嘘

ねつとりと膨れし昆布昼寝覚

灯を消して網戸の客を帰しけり

夕立にしとど濡れたる撒水車

風鈴の売り声となる風鈴は

どの皿もトマトの星を残しけり

已《い》己《こ》巳《み》己《き》の蟻連綿と穴出づる

蜘蛛の囲にかかるいとまはなかりけり

巨大《おほい》なる翅蟻の巣に近づけり

炎天に労働人《はたらきびと》の絞らるる

日盛りやひろげしのみの翅たたむ

炎昼やぜんまい仕掛けのやうな人

光芒の水面に折るる桜桃忌
リボンには譲れぬ蜘蛛の囲を張りて
束の間を紙魚駆け抜けて行きにけり

蜘蛛の囲に隈なく雫干されたる
幾千の薔薇めぐるぐる径くぐる径
サイダーの矢つぎつぎに喉通る

蹄鉄を打ち直さうか走馬灯

三伏の真赤な自動販売機

赤も黄も飛びしポスター大西日

打水の打ちひしがれしもの生かす

退屈も地獄のひとつ蟻地獄

無表情な警官並べ大西日

打刻して蝙蝠の夜の始まりぬ

全天にひしめく流れ星候補

花火咲く度に浴衣の華やぎぬ

原爆忌花やしきより叫び声

鳩寄せぬ針並びたる広島忌

四階の箸の上げ下げ遠花火

経よりもしみじみ語りたる嫦娥
そうが＝月の異名

鵙日和灰の中より喉仏

蟋蟀や音消して着く救急車

鶏頭とともに傍観してしまふ
キャタピラー秋の七草つぶしゆく
秋麗オープンカーに風乗せて

簡単に譲れぬ猿の腰かけは

戸袋の中の広がり鉦叩

飛蝗みな退けて資材の置かれけり

密室の秋蚊に容疑かたまりぬ

穴惑ひしたる昭和を懐しむ

古扇の開け閉て寿命幾許か

秋霖や灰寄せに人寄り合へり

吠えしきる犬流れゆく秋出水

秋雲のエンドロールや首都の暮

月見客帰りてよりの月よろし

細りゆく音に胡麻の香立ち上がる

麦とろの薯蕷《とろ》を嚙まずに麦飯《むぎ》を嚙む

それぞれの庭に虫の音綰ねられ

百弦の渋味奏する柿すだれ

杖恃む人を集めて菊花展

背景に手抜かりありぬ菊人形

大道芸最後は釣瓶落しとす

刃物手に謁見の間へ入る菊師

武者震ひしたくてならぬ菊人形

水餅や真夜の廊下を雪隠へ

開戦日おでんの卵隠れたる

金屏の裏には闇へ下る段

輝ける霜柱より逝きにけり

月光に水仙の席なほ余る

ラガーの声放物線を描き来ぬ
買ひたての靴絨毯を四歩五歩
初富士の輪転機より現るる

水鳥の餌に老人集り来る

隙間風てふ来訪者茶を入れな

曲想のよろしきことよ金屏風

いやはては赤児に至る初電話

開け閉てのいつにも増して三ヶ日

ぽつぺんに淑気の硬さほぐれけり

鮮やかな香に縁取られ畳替

初声に近づきたれば遠ざかる

銀座通りを一台過ぎてゆく淑気

鮟鱇鍋壁の色紙に度肝抜く

往診を打診しやうか雪女

かまくらの口より出づる欠伸の子

己打つ節分の豆配りけり

鬼やらひ暮はサンタでありし人

追儺終へ呻くバキュームクリーナー

恋猫の争ひ闇を濃くしたる

龍天に小籠包の裂けて汁

的確に朧夜たたく白杖は

中華鍋激しく混ざる猫の恋

逆風より順風怖し揚雲雀

煙行く方へ芝火の這ってゆく

防音の工事ややかまし万愚節

啓蟄やバリウム呑みて天地逆

降りきたる帳引き裂く恋の猫

梅の枝に刺されて星の匂ひくる

老梅に四声抑揚ありにけり

人魂はまずふらここに乗りたがる

千本の針を買ひたる万愚節

手応への割に弾まぬ紙風船

月煌々影まで逸る浮かれ猫

蛇出でて娑婆の空気に舌晒す

獄舎より出でて朧に消されけり

祝祷を受け啓蟄の街に出づ

洗礼のごとく桜に浸りけり

桜前線海にも引かれ万愚節

散らば伐らるる見納めの花二本

飛花落花積もる話に花咲かす

一雨に流れ解散花筏

風上に笑顔を置きて風車

日没を少しくずらす半仙戯

彼方此方の時計とともに朝寝しぬ

壺焼きの次は六腑を曲りゆく

脇道に逸れても銀座春日和

朧夜をピザカッターで切り分ける

うららかや天空摩するビルの群

花もどり路傍の花に目もくれず
多数派を目論んでをり落椿
春愁に掻き乱さるること愁ふ

下萌えを宙に浮かべるショベルカー

おばしまに春愁の肘つけにけり

春障子開けてふたりに睨まるる

滝

蛇入りて沼の周囲《まはり》の引締る

結界を越え滝音に近づきぬ

ガードレール跨ぎて滝を確かむる

滝音をかき消してゐる滝の音

一本の滝音われを取囲む

滝音のややや大空にずれて来し

雨の幕あがり新樹のオペレッタ
滝壺を拝借したる虹一本
滝音に濾されて孤独たましひは

一帯に垂れ込めてゐる滝の音

滝音の束つぎつぎと繰出しぬ

滝壷に音の脱け殻溢れくる

気迷ひの辺りの曲る氷柱伸ぶ

凍滝の壺までも差し押さへられ

音一つ落とさぬ構へ凍滝は

呼吸

梅が香の呼び水井戸に注ぎけり

鍵束の音握り消し初音かな

梅林の風の流れを嗅ぎ分けぬ

梅一枝大空に挑まんと咲く
単線と単線分かれゆく長閑
のどかさやまどかなとびのこゑことに

しらじらと海に流氷てふ領土

流氷の糸鋸復元画《ジグソーパズル》崩さるる

一斉に流氷死に場求め発つ

煙の帆つぎつぎ立てて堤焼く

蔓といふ導火線あり下もゆる

乱れ飛ぶひかり初蝶浮き上がる

褶曲とふ太古の譜面囀れり

耕しの己に空を混ぜてゆく

犬ふぐり大地にひかり夥し

日の誘ひ受けし一頭初蝶来

末黒野を突きて嘴を光らする

桜散る大地にいのち蒔くやうに

囀りを四方に拡声する一樹
凡百の容大空に咲く辛夷
耕しに大地の呼吸始まりぬ

囀りの染み込みたりし木戸開く

十薬の茂る裏手に出てしまふ

一匹を捉へ蟻地獄に落とす

水の沓履いてゆかしき水馬

磯桶に女の指の戻りけり

がんがぜの自己《おのれ》に向きし棘はなし

黒牛を大地に散らし揚雲雀

着地して蟷螂眼を飛ばしたる

六月の毛虫尽くしの一樹かな

蛍火や川音《かはと》の節目には巌

空といふ布につばめの裁ちばさみ

ひとしきり老翁啼きぬ水鏡

連山を濁し早苗を植ゑてゆく

夏山に缶切りまはり始めたる

オンネトー湖の色を奏でよ糸蜻蛉

船虫に向かへば足の踏み場あり
蛸あるくページを捲るやうにして
時間歪みたるプールに飛込みて

向日葵のまなかデジタル外アナログ

雑兵は引き下がるべし兜虫

白妙の傘万緑に浴したる

十薬のプラス思考を冥暗に
湯上がりや風鈴一糸纏ひたる
わが濁り映して水のなほ澄める

秋意とは釧路原野を蛇行せる
湿原の狭霧に櫂の音馴染む
その朝は狭霧に我を置きて去る

湿原の秋空高くカヌー漕ぐ
霧多布の川に澪引く鹿二頭
一面に秋色映す水に棹

摩周湖の方角霧に問ひかける

鮭の川忽ち熊の川となり

神とふ字は田を貫けり案山子翁

ぼろかがし黄金の波に目を見張る

磔にしては呑気に案山子立つ

敵よりも仲間に距離を置く案山子

心傾け心を注ぐばつたんこ

縄引けば疾く剥がれたる稲雀

雀減りしことなど憂ふ鳴子守

角伐られとにかく走り出してゐる
四色の版に分かたれ秋の山
出来秋に満足げなる日の沈む

豊年の空に鷹揚たる雲居

穂芒に撫でられたくて風戦ぐ

五所川原

立往生して盛り上がる侫武多かな

厩栓棒にとんぼもじつと艶を出す

馬肥えて鞭しなやかに打たれけり

高原の霧に草食む音確か

芋の葉を大きく露のフィギアかな

虫の音に心の地平広がりぬ

空《うつほ》なり千の蜻蛉で満たすとも

風景を殺めてをりぬ威銃
捨て台詞残して去れり稲妻は
うら寂し雨後の添水の音ことに

稲妻の憂さ晴らすまで待つとせむ

時間軸まはし絵巻の紅葉狩

紅葉の幕間のごと茶屋に入る

全身に故郷刻み込む踊り

村明り遠くへやりて秋蛍

嘴よりも尖れる枝や鵙の贄

体反らし水吐くダムや色葉散る

鰡跳ねて月の光に打たれけり

星影に目の馴れきたる月夜茸

寒林を経て粗びきの星出づる

朝日子の滑り落ちては氷柱伸ぶ

老木の風格接ぎぬ尾白鷲

幾本も凍鶴刺さる大地《モシリ》かな

雁首をそろへ白鳥寄り来たる

銃口の第一声に凍りつく

来し方の闇を梟ふり返る

雪原は狐火ほどもあらば足る

眼前に氷海うしろ大雪原

ひとたびは放ちし鳥を暖鳥
太陽《ひ》の昇るおと霜柱傾ぐおと
見てしまふ焚火に抛り込むところ

弔問に雀来てをる捨案山子

ヒト属ほど狂うてをらぬ返り花

闇汁に妻も一枚嚙んでをり

投降を木々に促す冬将軍

山祇の推敲紅葉且つ散れり

公転と自転のねぢれ鎌鼬

冬海や探照灯の刺さる闇

鯨らの呼吸《いき》灯台の灯の周期

前照灯

高みより春観る俥駆け出しぬ

人降ろししタクシー拾ふ花の雨

逃水より逃ぐるがごとく離陸しぬ

蛤を開けて海市のビル模型

逃げ水に大音量の街宣車

長閑さは道の真中の軌道行く

滑らかに流れてをりぬレガッタに
紫雲英田の遠し鉄路に耳をあて
初蝶を触れ回りたる蝶のごと

小海線レタスの波に包まるる
岩礁に千手観音石牡丹
銅鑼打てば春光海を渡りゆく

菜の花の賑はひ積みぬトロッコ車

存分に蝉声吸へり枕木は

融通のきかぬレールを跨ぐ蔓

満員電車に汗の堅肉《かたじし》ねぢりこむ

炎天に捌かれゆくや貨車と貨車

どの窓も青田を湛へたる客車

「前方よし、発車」万緑指差して

岩に棹当てて舵とる新樹光

潮流に傾いてゆくヨットかな

ガルウィングドア開け放ち青岬

夏草の茫々たるへ無限軌道車《ブルドーザー》

新涼へ大きく曲がる小海線

お下がりの昭和の電車すすき原

後ろ向きの座席回送八月尽

秋空へつつみ隠さず汽笛かな

上段は銀河に近き寝台車

鉄の路とふ清秋をひた走る

船頭の竿さす谿の錦かな

霧襖つぎつぎ開く前照灯

線路果つ先には昔蓬かな

眠る山くぐるにやかましき汽笛

午前二時踏切鳴らす雪じまき
除雪車の羽よりレール現るる
雪原のまなか駅名晒したる

雪しきり転轍機みな火を抱き

界隈の氷柱陽をもて溶接す

一両は枯野に呑まれ車両基地

東京の地下の路線図年始め

着陸後すぐさま離陸雪後の天

狐火の列踏切に途切れたる

出来たての道

魚は氷に追加合格ひとり出す

受験子のやけに胡椒をふりかける

入学試験終へて活字に飢ゑてをり

不合格子かくまで母を宥めたる

卒業を前に生徒の泣きに来る

グランドピアノに映り込みたる卒業歌

漕ぎ出せば隣も漕ぎぬ半仙戯

一ページ捲り一面菜の花に

卒業にたんぽぽの絮飛ばす風

木の芽時ラヂオテキスト手に取りぬ

春闘の席火を吐けば凍りつく

こんな日は吾を沈丁の香に浸す

春闘の平行線に着座せり

クリックしクリックし入る春の闇

空振りを見に来てくれし春日傘

軽トラの待つ遠足の長き列

遠足や歌の力で登りゆく

遠足の牧場に生徒放ちたる

抽斗の波打際の桜貝

春愁をサラドに混ぜて啄木忌

ガリ版にローラー走るつばくらめ

拗れても生徒は生徒つくづくし

高三修学旅行

囀りやなほ百段の登廊

斑鳩の塔と競へる松の芯

大和三山かくも雅に囀れり

囀の乙《めり》甲《かり》ゆたか聖林寺

声立てず小さき蜚蠊指し示す

生徒の死生徒に伝へ梅雨に入る

百日草と堪へ難きを耐へ忍ぶ

新緑に見入る生徒は叱らずに

斉読の声の揃ひて更衣

「僕」改め「私」と名乗る更衣

生徒の死問ひつづけたる日日草

盤上ゲーム同好会顧問

投了を告げて扇子の動き出す

隊列をなして向日葵物申す

音高く追ひ越してゆく登山靴

黒板のみどりに倦みて樟若葉

炎熱忌生ぬるき湯に義歯浸す

さうやつて教師は育つ梅雨の雷

肝試し退部届を出すことに

中三東北旅行

彼氏が欲しいと叫ぶ乙女の青岬

叫声をかけ合つてゐる水鉄砲

高一ひろしまの旅

被曝二世遺品に夏を語らする

七十四人の児童が亡くなった大川小学校跡訪問

津波後に残る校舎《まなびや》灼くるのみ

裏事情でで虫ほども知らざりき

合宿の花火の煙に巻かれたる

周囲より浮いてしまひぬ浮輪の子

二学期の教室のドア恐ろしき

拡声器より秋空に呼びかけぬ

心臓のポンプ働く体育祭

サックスフォン月夜に踊り狂ふ指

文化祭終へ剥がす音抛る音

銀座奥野ビル

一棟に画廊群生文化の日

目に一冊留まり長夜へ引出しぬ

文机に秋思の頭しばし置く

新涼の古書店街を嗅ぎまはる

僕と言ふ少女と私青林檎

答案をつけ直してゐる夜長

被爆者とともに秘話逝く広島忌

人ひとりなく掃き終へて広島忌

本箱の隅に柄を出す秋団扇

赤い羽根胸にタピオカ吸ひあげる

手間取つて互ひに火照る赤い羽根

パソコンに貼付く勤労感謝の日

ハモニカのひと部屋ごとのそぞろ寒

上履きのかかと踏みたるままに冬

さえざえと閻魔帳見て生徒見て

紅葉散る教室はまだ着替へ中

掃き終へしところへ紅葉落ちたがる

氷川丸一等船室水洟かむ

掌をダルマストーヴ集めたる

落葉踏みゆけば空足踏みもする

雪しきり板書の音の他はなし
降誕節《アドベント》答案の束抱へ行く
ポインセチア声やはらかに裏返る

校庭に出来たての道雪だるま
不躾にかまくら覗くまた覗く
その後のかまくらすべて空洞化

小春日や授業忘れを告げらるる

冬ざれやチョーク塗れの手を洗ふ

跳ぶほどに大縄跳の昂ぶれり

少年の声寒柝を明るうす

告白にスケート靴の滑り出す

竹馬に慣れ荒馬になつてくる

極月に短きチョーク使ひ継ぐ

行く年の脚拭いてゆく大掃除

年の瀬や無言電話の呼吸音

年玉に大人のこころ透かし見る

脚本を手に繰り返し日脚伸ぶ

寒昴生徒の批判反芻す

「先生」と呼ぶ声来たる初乗に

加はれば忽ち餌食雪合戦

残響のなかに独りの初稽古

恋心伏せて歌留多を並べゆく

淑気かな色とりどりの和歌翔べり

五体投地の荒行終へて雪達磨

悶着は被ひ隠して去るコート

しはぶきをしつつ言の葉探したる

叱れない教師を叱る夜鳴蕎麦

あとがき

二〇二五年三月をもって、四十一年間勤めてきた女子学院中学高等学校を退職いたします。句集を出すことに消極的であった私ですが、この機会に出版することにしました。

高校生の頃は英語が大嫌いで、逆に中古の古典文学に夢中になり、わかりもしないくせに、源氏物語は深いとか、堤中納言物語は面白いとか言っておりました。そんな私が、松本亨英語高等専門学校の英語講習に出席して英語に嵌まり、その学校の昼間部を卒業してから大学で英文学を学びました。ことにイギリスの詩を中心に学び、サークルでは英語研究会で活躍し、英語の教員を目指し、現在の勤務校に就職したのでした。

私は英語だけでなく、興味関心を持ったものには熱中する性分で、小学校低学年では昆虫に興味を持ち、昆虫図鑑を愛読しさまざまな昆虫を飼いました。小学校高学年では将棋が好きになって、道場に通い、大人と対局していました。また、その頃、蒸気機関車にも興味を持ちはじめ、中学卒業後の春には、ペンタックス一眼レフとマミヤ二眼レフカメラを持ち、ＳＬ撮影のため北海道を周遊券片手に二週間近く一人で旅しました。

その後、キリスト教会に通い、人と神に仕える人生を送ることを決意。英語教育を天職と信じ、中等教育に携わることとなりました。

従いまして、この句集の昆虫の句、北海道の句、鉄道の句、写真関連の句、キリスト教を背景にした句、教員としての句などは、私のこれまでの歩みの中から生まれたものであります。

私の俳句には、吟行句もあれば、フィクションの句もあります。たとえば、私の勤務するのは女子校であって野球部がないのに、野球部の句が登場します。これは、毎日、国学院久我山高校の前を通って通勤し、野球部の様子を見つづけたなかから生まれた句です。このようなフィクションの句にも現実が絡み合っているのだと思っています。

私はイギリス児童文学のファンタジーを卒論のテーマにし、その中で、メアリーポピンズ、ナルニア物語、ホビットの冒険をはじめ多く作品が、北を指向し、イギリス北部を神秘的な妖精の世界としてとらえていると論じました。ハリーポッターにしても、その伝統を引継いだものと考えています。

ところが、北を指向していたのは実は私自身でありました。ことに中学生の頃三度の北海道の撮影旅行（すべて飛行機を使わない鉄道の旅）と、冬の只見線の撮影旅行は私にとって、自分を見つめ人生を考える上で、大切な旅となりました。

そんな私は、四十歳を過ぎてから俳句を本格的にはじめました。初心者の私は二〇〇一年頃からインターネットのゴスペル俳句に投句しはじめました。その運営をしておられた、やまだみのるさんには、大変お世話になりました。みのるさんが結社に入ることをすすめて下さったので、面白そうな俳句を作る中原道夫先生の結社、銀化に入ることにしました。以降二十年あまり、銀化の中原先生には大変お世話になりました。また、多くの銀化の先輩や仲間に励まされてまいりました。

この句集には、俳句を知らない方々にも俳句の面白さがわかるようにと、中原先生直々の句集評が付いています。二十一世紀の風狂の俳諧師と言われる俳人の鑑賞の鋭さを知り、その句評を通して、読者が俳句の奥深さを知ることが出来ればと願っています。

句集の編集にあたっては、いろいろと無理を快く承諾して下さった鳥影社の百瀬さん、編集室の宮下さんや皆様には、大変お世話になりました。また、私の生活を支え、助けてくれた妻をはじめ、銀化の主宰中原道夫先生、句友の皆様、学校の同僚、友人たちに感謝するとともに、私たちを生かし、導いてくださる天の神さまに感謝いたします。どうもありがとうございました。

宮岸羽合

「この川が入るところでは、すべてのものが生きる。」（聖書・エゼキエル書四十七章九節）

筆者略歴

一九六〇年一月生まれ

一九八〇年　東京松本英語高等専門学校（入学時は松本亨英語高等専門学校）卒

一九八四年　明治学院大学文学部英文科卒

一九八四年　女子学院中学高等学校英語科教諭（二〇二五年三月まで勤務）

一九八九年　米ケンタッキー州 Asbury 大学編入

二〇〇一年頃からやまだみのる氏主宰のインターネット句会に投句を始める

二〇〇三年　「銀化」入会

二〇一二年　「銀化」同人

※本編表紙写真及び目次の写真・奥入瀬渓谷。別冊目次写真・磐越西線喜多方付近。　宮岸羽合撮影。

※宮岸羽合は俳号。本名＝小林幹夫

〒一五七-〇〇六一　東京都世田谷区北烏山　七-二十五-五-四〇五

句集「川音」
二〇二五年三月三日初版第一刷印刷
二〇二五年三月九日初版第一刷発行
定価（本体二〇〇〇円＋税）
著　者　宮岸羽合
発行者　百瀬精一
発行所　鳥　影　社
長野県諏訪市四賀二二九─一（編集室）
電話　〇二六六─五三─二九〇三
東京都新宿区西新宿三─五─一二─7F
電話　〇三─五九四八─六四七〇
印刷　モリモト印刷
乱丁・落丁はお取り替えいたします

ISBN 978-4-86782-133-6 C0092

鳥影社出版案内

2024

イラスト／奥村かよこ

choeisha

文藝・学術出版 鳥影社

〒160-0023 東京都新宿区西新宿 3-5-12 トーカン新宿 7F

TEL 03-5948-6470 FAX 0120-586-771（東京営業所）

〒392-0012 長野県諏訪市四賀 229-1（本社・編集室）

TEL 0266-53-2903 FAX 0266-58-6771 郵便振替 00190-6-88230

ホームページ www.choeisha.com ウェブストア choeisha.stores.jp

＊新刊・話題作

解禁随筆集
笙野頼子

発禁から解禁へ。一つの判決が出るとこのような本はもう出せなくなるかもしれない。今ならまだ書けるぎりぎりまでを書いた。　2200円

東京六大学野球人国記
激動の明治、大正、昭和を乗り越え1世紀
（2刷）
丸山清光

1世紀に及ぶ人間模様をかつての名選手が著す。6大学の創成期1世紀分のメンバー表など膨大なデータも収載した決定版。　2970円

さようなら大江健三郎こんにちは
（日経新聞等で紹介）
司　修

長年、大江作品の装丁を担当した著者が知られざるエピソード、書簡、対談などを交え、創作の背景とその心髄に迫る。　2420円

奇跡の女優 芦川いづみ
（読売新聞、週刊読書人、キネマ旬報で紹介）（2刷）
倉田　剛

引退から半世紀以上。未だに根強い人気を誇る彼女の出演全映画作品を紹介し、貴重な写真を多数収録したファン必見の一冊。　2970円

舞台の上の殺人現場
「ミステリ×演劇」を見る
日本推理作家協会賞候補作
麻田　実

ホームズ、クリスティから、現代社会の謎の深淵まで〝ミステリ演劇〟の魅力のすべてがこの一冊にちりばめられている！　1980円

「空気の研究」の研究
ゲーム理論と進化心理学で考える大東亜戦争開戦と御聖断のサイエンス
金澤正由樹

「空気」は理論的に説明できる！　終戦の御聖断は3回あった！　開戦の理由は誰もが知っていた！　対日石油全面禁輸の意外な真相とは？　1650円

夜を抱く
佐藤洋二郎

作者の実人生と重なる登場人物達の、逞しくも苦い哀しみと愛おしさに満ちた、二つの物語。　1980円

親子の手帖〈増補版〉
（初版4刷、増補版2刷）
鳥羽和久

増補にあたり村井理子さんの解説と新項目を追加収録。全体の改訂も行った待望のリニューアル版。奥貫薫さん推薦。　1540円

デーファ劇映画大事典
東ドイツ製作劇映画の全記録
1946〜1993年
F・B・ハーベル 著　山根恵子 監訳

壁の向こうにもハリウッドがあった！　デーファ製作の劇映画を網羅。貴重なスチール写真も満載。

B5判変形・上製　1194頁　上・下巻セット　2万9700円

マリーア・ズィビラ・メーリアン スリナム産昆虫変態図譜1726年版
岡田朝雄・奥本大三郎 訳　白石雄治・製作総指揮

A3判・上製　世界限定600部
3万5200円

純文学宣言 季刊文科25〜98
（61より各1650円）

〈編集委員〉伊藤氏貴、勝又浩、佐藤洋二郎
富岡幸一郎、中沢けい、松本徹、津村節子

【文学の本質を次世代に伝え、かつ純文学の孤塁を守りつつ、文学の復権を目指す文芸誌】

新訳金瓶梅 上巻・中巻（全三巻予定）

田中智行訳（朝日・中日新聞他で紹介）

三国志などと並び四大奇書の一つとされる、金瓶梅。そのイメージを刷新する翻訳に挑んだ意欲作。詳細な訳注も。 各3850円

ヴィンランド

ジョージ・マッカイ・ブラウン著
山田修訳

北欧から北米へ海と陸をめぐる大冒険。波乱に富んだ主人公の一代記。11世紀北欧の知られざる歴史物語。 2750円

スモッグの雲

イタロ・カルヴィーノ著 柘植由紀美訳

樹上を軽やかに渡り歩く「ペンのリス」、カルヴィーノの一九五〇年代の模索がここにも。他に掌篇四篇併載。 1980円

キングオブハート

G・ワイン・ミラー著 田中裕史訳

心臓外科の黎明期を描いた、ノンフィクション。彼らは憎悪と恐怖の中、未知の領域へ挑んでいった。 1980円

四分室のある心臓

アナイス・ニン著 山本 豊子訳
（図書新聞で紹介）

生誕120年記念。愛そのものは人生が続いていくようにとぎれない。松尾真由美氏推薦。 2420円

メスメリズム—磁気的セラピー—

フランツ・アントン・メスマー著
ギルバート・フランカウ編 広本勝也訳

催眠学、暗示療法の祖、メスマーの生涯と学説。スピリチュアル・サイコロジーの概略も紹介している基本文献。 1980円

イーグル・クロー作戦

在イラン・アメリカ大使館人質事件の解決を目指した果敢な挑戦

J・ウィリアムソン著 影本賢治訳

拉致問題解決のために知るべき事実。人質救出作戦によって示されたアメリカ人の決意と覚悟。 2200円

アルザスワイン街道—お気に入りの蔵をめぐる旅—

森本育子（2刷）

アルザスを知らないなんて！ フランスの魅力はなんといっても豊かな地方のバリエーションにつきる。 1980円

ヨーゼフ・ロート小説集

平田達治 佐藤康彦 訳

第一巻 優等生、バルバラ、立身出世
サヴォイホテル、曇った鏡 他

第二巻 ヨブ・ある平凡な男のロマン
タラバス・この世の客

第三巻 殺人者の告白、偽りの分銅・計量検査官の物語、美の勝利

第四巻 皇帝廟、千二夜物語、レヴィアタン（珊瑚商人譚）

別 巻 ラデツキー行進曲（2860円）

四六判・上製／平均480頁 4070円

カフカ、ベンヤミン、ムージルから現代作家にいたるまで大きな影響をあたえる。

ローベルト・ヴァルザー作品集

新本史斉／若林恵／F・ヒンターエーダー＝エムデ 訳

1 タンナー兄弟姉妹
2 助手
3 長編小説と散文集
4 散文小品集Ⅰ
5 盗賊／散文小品集Ⅱ

四六判、上製／各巻2860円

詩人の生 新本史斉訳（1870円）
絵画の前で 若林恵訳（1870円）
微笑む言葉、舞い落ちる散文 新本史斉著
ローベルト・ヴァルザー論（2420円）

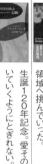

＊歴史

小説 山紫水明の庭 七代目 小川治兵衛
日本近代庭園の礎を築いた男の物語　中尾實信

平安神宮神苑、無鄰菴、円山公園を手がけ、近代日本庭園を先駆した植治の生涯を丹念に描く長編小説1700枚。　4180円

善光寺と諏訪大社
神仏習合の時空間
長尾晃

一五〇年ぶりの同年開催となった善光寺の「御開帳」と諏訪大社「御柱祭」。知られざる関係と神秘の歴史に迫る。　1760円

古代史サイエンス
DNAとAIから縄文人、邪馬台国、日本書紀、万世一系の謎に迫る（3刷）
金澤正由樹

最新のゲノム、AI解析により古代史研究に革命が起こる！ ゲノム解析にAIを活用した著者の英語論文を巻末に収録。　1650円

五島列島沖合に海没処分された潜水艦24艦の全貌
浦環（二刷出来）

日本船舶海洋工学会賞受賞。実物から受けるオーラは、記念碑から受けるオーラとは違う。実物を見よう！　3080円

幕末の大砲、海を渡る
—長州砲探訪記—
郡司健（日経新聞で紹介）

連合艦隊に接収され世界各地に散らばった長州砲を追い求め、世界を探訪。二〇年にわたる研究の成果とは。　2420円

民族学・考古学の目で感じる世界
—イスラエルの自然、人、遺跡、宗教—
平川敬治

民族学・考古学の遺跡発掘調査のため、約40年間イスラエルと関わってきた著者が見て感じた、彼の地の自然と文化が織りなす世界。　1980円

天皇の秘宝
—さまよえる三種神器・神璽の秘密—
深田浩市

二千年の時を超えて初めて明かされる「三種神器の勾玉」衝撃の事実！ 日本国家の祖、真の皇祖の姿とは!!　1650円

西行 わが心の行方
松本徹（二刷出来）（毎日新聞で紹介）

季刊文科で「物語のトポス西行随歩」として十五回にわたり連載された西行ゆかりの地を巡り論じた評論的随筆作品。　1760円

小説木戸孝允 —愛と憂国の生涯— 中尾實信（2刷）四民平等の近代国家を目指した生涯を描く大作。　上・下　各3850円

浦賀与力中島三郎助伝 木村紀八郎 幕末という岐路に先見と至誠をもって生き抜いた最後の武士の初の本格評伝。2420円

軍艦奉行木村摂津守伝 木村紀八郎 若くして名利を求めず隠居、福沢諭吉が終生敬愛したというサムライの生涯。2420円

フランク人の事蹟 第一回十字軍年代記 丑田弘忍訳 第一次十字軍に実際に参加した三人の年代記作家による異なる視点の記録。3080円

大村益次郎伝 木村紀八郎 長州征討、戊辰戦争で長州軍を率いて幕府軍を撃破した天才軍略家の生涯を描く。2420円

魚食から文化を知る —ユダヤ教、キリスト教、イスラム文化と日本 平川敬治 日本に馴染み深い魚食から世界を考察。1980円

天皇家の卑弥呼（三刷）深田浩市 倭国大乱は皇位継承戦争だった!! 文献や科学調査から卑弥呼擁立の理由が明らかに。1650円

新版 日蓮の思想と生涯 須田晴夫 日蓮が生きた時代状況と、思想の展開を総合的に考察。日蓮仏法の案内書！ 3850円

Y字橋
（日経新聞・東京・中日新聞、週刊新潮等で紹介）

佐藤洋二郎

各文芸誌に掲載された6作品を収録した至極の作品集。これこそが大人の小説。小説家・藤沢周氏推薦。 1760円

地蔵千年、花百年
（3刷）

柴田 翔（読売新聞・サンデー毎日で紹介）

芥川賞受賞『されど われらが日々―』から約半世紀。約30年ぶりの新作長編小説。戦後からの時空と永遠を描く。 1980円

女肉男食 ジェンダーの怖い話
（夕刊フジ、週刊読書人等で紹介）

笙野頼子

辞書なし翻訳なし併読なしでそのまま読めば判る。TERFとして追放された文学者笙野頼子による、報道、解説、提言の書。 1100円

笙野頼子発禁小説集
（東京新聞、週刊新潮、婦人画報等で紹介）（2刷）

笙野頼子

多くの校閲を経て現行法遵守の下で書かれた難病、貧乏、裁判、糾弾の身辺報告。文芸誌掲載作を中心に再構築。 2200円

出 来 事
（2刷）

吉村萬壱（朝日新聞・時事通信ほかで紹介）

季刊文科62〜77号連載「転落」の単行本化 芥川賞作家・吉村萬壱が放つ、不穏なるホンモノとニセモノの世界。 1870円

くたかけ

小池昌代（日経新聞、週刊読書人等で紹介）

海辺の町に暮らす三世代の女たち。一家にからみつく奇妙な男。男の持ち込んだ三羽の鶏。彼は宗教者か犯罪者か……。 2200円

まれねこ

寺村摩耶子（図書新聞で紹介）

失われた足跡を求めて―。九〇年代後半の東京。築二〇年の庭つき古アパート。そこには内と外を行き来する猫たちがいた―。 1980円

紅色のあじさい 津村節子 自選作品集
（読売新聞で紹介）

津村節子

「季刊文科」に掲載されたエッセイを中心に、大河内昭爾との対談、自身の半生を語った中沢けいとの対談なども収録。 1980円

「へうげもの」で話題の 〝古田織部三部作〟

久野 治（NHK、BS11など歴史番組に出演）

新訂 古田織部の世界 3080円

千利休より古田織部へ 2420円

改訂 古田織部とその周辺 3080円

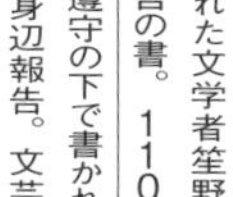

そして、ニューヨーク 私が愛した文学の街

鈴木ふさ子 文学、映画ほか、この街の〝魅力の秘密〟に迫る。（2刷） 2090円

百歳の陽気なおばあちゃんが人生でつかんだ言葉

佐藤洋二郎 1540円

空白の絵本 ―語り部の少年たち―

司修 広島への原爆投下による孤児、そして幽霊戸籍。平和への切なる願い。 1870円

創作入門―小説は誰でも書ける

小説を驚くほどよくする方法

奥野忠昭 1980円

＊ドイツ語圏関係他

詩に映るゲーテの生涯〈改訂増補版〉
柴田 翔

小説を書きつつ、半世紀を越えてゲーテを読みつづけてきた著者が描く、彼の詩の魅惑と謎。その生涯の豊かさ。 1650円

ルイーゼ・リンザーの宗教問答
—カルトを超えて
中澤英雄 訳

カルトの台頭がドイツ社会を揺るがしていた頃、著者は若者たちに寄り添い、「愛」と「理性」の道しるべを示した。 1980円

ヴィレハルム ティトゥレル 叙情詩
ヴォルフラム・フォン・エッシェンバハ 著
小栗友一 監修・訳

キリスト教徒と異教徒間の戦いを、両方の視点から重層的に描いた「ヴィレハルム」は、優れた十字軍文学として、今日的価値を持つ。 4180円

リヒテンベルクの手帖
ゲオルク・クリストフ・リヒテンベルク著
吉用宣二 訳

18世紀最大の「知の巨人」が残した記録、本邦初となる全訳完全版。Ⅰ・Ⅱ巻と索引の三分冊。 各8580円

光と影
ハイデガーが君の生と死を照らす！
村瀬 亨

河合塾の人気講師によるハイデガー『存在と時間』論を軸とした、生と死について考えるための哲学入門書。 1650円

ニーベルンゲンの哀歌
岡崎忠弘 訳 （図書新聞で紹介）

『ニーベルンゲンの歌』の激越な特異性とその社会的位置を照射する続篇『哀歌』。待望の本邦初訳。 3080円

グリム ドイツ伝説選
暮らしのなかの神々と妖異、王侯貴顕異聞
鍛治哲郎 選訳

グリム『ドイツ伝説集』の中から神や妖異、王や国々にまつわる興味深く親しみやすいこれだけは読んでほしい話を選ぶ。 1980円

グリム ドイツ伝説集〈新訳版〉
鍛治哲郎／桜沢正勝 訳

グリム兄弟の壮大なる企て。民族と歴史の襞に分け入る試行、完全新訳による585篇と関連地図を収録。 5940円

ゲーテ『悲劇ファウスト』を読みなおす 新妻 篤
ゲーテが約六〇年をかけて完成。著者が明かすファウスト論。 3080円

ギュンター・グラスの世界 依岡隆児
つねに実験的方法に挑み、政治と社会から関心を失わなかったノーベル賞作家を正面から論ずる。 3080円

グリムにおける魔女とユダヤ人 奈倉洋子
—メルヒェン・伝説・神話—
グリムのメルヒェン集と伝説集を中心にその変化の実態と意味を探る。 1650円

フリードリヒ・シラー美学＝倫理学用語辞典 序説
ヴェルンリ／馬上徳 訳 難解なシラーの基本的用語を網羅し体系化をはかり明快な解釈をほどこし全思想を概観。 2640円

新ロビンソン物語 カンペ／田尻三千夫 訳
18世紀後半、教育の世紀に生まれた「ロビンソン・クルーソー」を上回るベストセラー。 2640円

東方ユダヤ人の歴史 ハウマン／平田達治／荒島浩雅 訳
その実態と成立の歴史的背景をこれほど見事に解き明かしている本はこれまでになかった。 2860円

ポーランド旅行 デーブリーン／岸本雅之 訳
長年にわたる他国の支配を脱し、独立国家の夢を果たしたポーランドのありのままの姿を探る。 2640円

ヘーゲルのイエナ時代 完結編 松村健吾
—『精神の現象学』の誕生—
初版の空白を手がかりに読み解く。 6600円

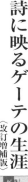

ジョージ・セル音楽の生涯

マイケル・チャーリー著　伊藤氏貴訳

（週刊読書人で紹介）

大指揮者ジョージ・セルの生涯。膨大な一次資料と関係者の生証言に基づく破格の評伝。音楽評論家・板倉重雄氏推薦。　4180円

塹壕の四週間

あるヴァイオリニストの従軍記

フリッツ・クライスラー著　伊藤氏貴訳

伝説のヴァイオリニストによる名著復活！　偉大な人格と情緒豊かな音楽に結びついた極限の従軍体験を読み解く。　1650円

ジョルジュ・ブラッサンス

―シャンソンは友への手紙―

F・トレデズ著　緒方信雄訳　高岡優希監訳

フランスの国民的シャンソン歌手、待望の評伝が本邦初訳！　現地の有名ジャーナリストによるファン待望の一冊。　2200円

フランスの子どもの歌Ｉ・Ⅱ

50選 ―読む楽しみ―

三木原浩史・吉田正明（Ⅱより共著）

フランスに何百曲あるかわからない子どもの歌から50曲を収録。うたう・聴く楽しみとは、ひと味違う読んで楽しむ一冊。　各2200円

モリエール傑作戯曲選集 1〜4

柴田耕太郎訳

現代の読者に分かりやすく、また上演用の台本としても考え抜かれた、画期的新訳の完成。　各3080円

インゴとインディの物語Ｉ・Ⅱ

大矢純子作　佐藤勝則絵

黒板の妖精インゴとインディとあまえんぼうのマーニの物語。　各1650円

科学捜査とエドモン・ロカール

フランスのシャーロック・ホームズと呼ばれた男

ジェラール・ショーヴィ著　寺井杏里訳

ロカールがいなければ、あのテレビドラマも誕生しなかったかもしれない？　科捜研の礎を作った男の生涯を描く。　2860円

雪が降るまえに

A・タルコフスキー／坂庭淳史訳（二刷出来）

詩人アルセニーの言葉の延長線上に拡がっていた世界こそ、息子アンドレイの映像作品の原風景そのものだった。　2090円

オットー・クレンペラー　中島仁

最晩年の芸術と魂の解放

1967〜69年の音楽活動の検証を通じて　2365円

ヴィスコンティ　若菜薫

「郵便配達は二度ベルを鳴らす」から「イノセント」まで巨匠の映像美学に迫る。　2420円

ヴィスコンティⅡ　若菜薫

高貴なる錯乱のイマージュ。「ベリッシマ」「白夜」「前金」「熊座の淡き星影」　2420円

アンゲロプロスの瞳　若菜薫

『旅芸人の記録』の巨匠への壮麗なるオマージュ。（二刷出来）　3080円

聖タルコフスキー　若菜薫

「映像の詩人」アンドレイ・タルコフスキー。その全容に迫る。　2200円

感動する、を考える　相良敦子

NHK朝ドラ（ウェルかめ）の脚本家による斬新な「感動」論。　1540円

永田キング　澤田隆治

今では誰も知らない幻の芸人の人物像に、放送界の名プロデューサーが迫る。　3080円

宮崎駿の時代 1941〜2008　久美薫

宮崎アニメの物語構造と主題分析、マンガ史からアニメ技術史まで宮崎駿論一千枚。　1760円

＊実用・ビジネス・ノンフィクションほか

経営という冒険を楽しもう 1～5巻
仲村恵子

中小企業経営者が主人公の大人気のシリーズ。経営者たちは苦悩と葛藤を、仲間たちと乗り越えてゆく。 各1500円

一事入魂 増補版 なんとかせい！ 丸山清光
島岡御大の10の遺言

御大の下で主将・エースとして東京六大学野球の春秋連覇、神宮大会優勝を果たした著者が語る、その人物像と秘話。 1980円

オートバイ地球ひとり旅 松尾清晴
アメリカ大陸編／ヨーロッパ編／中央アジア編
アジア・オーストラリア編／アフリカ編 （全七巻予定）

19年をかけ140ヵ国、39万キロをたったひとりで冒険・走破した〝地球人ライダー〟の記録。 各1760円

長期化・重症化させない！
新型コロナ後遺症に向き合う （2刷）
邦和病院 和田邦雄／中川学

コロナ後遺症1500人以上の患者を直接診療治療してきた、第一線の医師による本質に迫る待望の一冊。 2150円

犬とブルース
Sentimental Blues Boy
大木トオル著 小梶勝男編

アメリカに唯ひとり戦いを挑んだ伝説のミスターイエローブルース。読売新聞『時代の証言者』好評連載の自叙伝を書籍化。 1980円

日本で一番「早く」「簡単に」「エンドレスで」
業績を上げる人事制度
松本順市

松順式人事制度とは、評価と賃金が完全に一致するので社員に説明できる。全ての社員が成長するので会社の業績が向上できる。 1980円

語根主義による
現代アラビア語辞典
田中博一

アラビア語辞典本来の、語根から調べる辞典。現代語の語彙を中心に語根毎に整理。熟語、例文等で構成した必携の書。 12100円

中級アラビア語読本
新聞の特集記事を読む
宮本雅行

アラビア語の文法を一通り学んだ学習者が、次の段階として、少し硬い文章を読んでみようとする場合の効果的な手引書。 5280円

初心者のための蒸気タービン 山岡勝己
原理から応用、保守点検、今後へのヒントなどベテランにも役立つ。技術者必携。 3080円

開運虎の巻 街頭易者の独り言 天童春樹
三十余年六万人の鑑定実績。あなたと身内の運命と開運法をお話しします 1650円

成果主義人事制度をつくる 松本順市
30日でつくれる人事制度だから、業績向上が実現できる。（第11刷出来） 1760円

腹話術入門 （第4刷出来） 花丘奈果
発声方法、台本づくり、手軽な人形作りまで一人で楽しく習得。台本も満載。 1980円

自律神経を整える食事
胃腸にやさしいディフェンシブフード
松原秀樹 （2刷出来） 1650円

アラビア語文法 コーランを読むために
田中博一 初心者でも取り組めるように配慮した画期的文法書。 4620円

現代アラビア語辞典 アラビア語日本語
田中博一／スバイハット レイス 監修
千頁を超える本邦初の本格的辞典。 11000円

現代日本語アラビア語辞典
田中博一／スバイハット レイス 監修
見出語約1万語、例文1万2千収録。 8800円

料金受取人払郵便

諏訪支店承認

2442

差出有効期間
令和８年６月
４日まで有効

(切手不要)

郵便はがき

3 9 2 - 8 7 9 0

〔受取人〕

長野県諏訪市四賀229-1

鳥影社編集室

愛読者係　行

ご住所　〒□□□-□□□□	
(フリガナ) お名前	
お電話番号　(　　　)　　　-	
ご職業・勤務先・学校名	
eメールアドレス	
お買い上げになった書店名	

鳥影社愛読者カード

このカードは出版の参考とさせていただきます。
皆様のご意見・ご感想をお聞かせください。

書名	

①本書をどこで知りましたか。

i. 書店で　　iv. 人にすすめられて
ii. 広告で（　　　）　　v. DMで
iii. 書評で（　　　）　　vi. その他（　　　）

②本書・著者・小社へのご意見・ご感想等をお聞かせください。

③最近読んでよかったと思う本を教えてください。

④現在、どんな作家に興味をお持ちですか。

⑤現在、ご購読されている新聞・雑誌名

⑥今後、どのような本をお読みになりたいですか。

◇購入申込書◇

書名　　¥　　（　）部

書名　　¥　　（　）部

書名　　¥　　（　）部

宮岸羽合

川 kawato 音

句集評

中原道夫

CHOEISHA

宮岸羽合「川音」句集評

中原道夫

目次

序に替えて

この作者宮岸羽合さんがいつ頃我が「銀化」に入って来られたのか、定かな記憶が無いのだが、それは彼が、終了後の二次会に他の会員と一緒にアルコールを飲むということは一切せず、終了後も、すうっとフェイドアウトする辺りから、記憶に中々入って来なかった、気づけばそこにいたというタイプの人だったからでは無かろうか。さっと消える速さと逆に、羽合タイムというのがあって、句会には必ず10～20分は遅れて現れることになっていて、英語の教師である彼に be punctual といつも心の中で叫んでいた。いつしか、そういうことに全く頓着しない性格だと皆も分かって来ると、羽合さんが現れると、これでラスト、後はもう誰も来ない、さあ始めようと言う合図にもなった。飲んだことが無いので、私生活のことは、某有名女子校の英語の教諭ということしか知らない。お酒が駄目な替わりにに、スイート男子（という年では無いが）都内の有名スイーツのことには長けている事を知ったのも、最近の事である。娘さんが結婚した事なども。そのことを思えば、大分打ち解けて来て、ポロリと話すようになって来ていたようだ。その彼が、もう定年なので、句集を編みたいという申し出があり、（万年青年の容貌から）驚いた訳なのだが、仕事の方は、鈍重とはこれまた真反対で、選句も構成の仕方、更には、自分で撮った写真でデザイン、レイアウトまでした物を私の処に送って来た。手回しの良さはこちらとしては、大歓迎なのだが、主宰の手抜きと思われても困るということで、少しは目を通すことになった。

彼がどういう句を目標にやって来たか、何を手掛かりとして、多作して角川賞に応募し、予選通過した年があった。それなりに手応えを感じたのでは無いかと思うが、続けて次の年もその勢いで、と激励したのにも関わらず、来年は出しませんと、こちらが落胆するようなことをあっさり言う。もっと、喰らいついていけば、それなりに世界は開けたのではないか。万事そんながむしゃらタイプでは無い人が、ここに来て句集を出す気になったのは、単に定年だけでは無かろう。（転機を図ろうなんて思えるタイプではない。いや、そうとも限らないぞ）

段々私の選に入るようになって来ると言うことは、好むと好まざるとにかかわらず定型のギプスに嵌ることで、その身動きの取れない不自由さに甘んじて行くことになる。しかし、その不自由さを克服すると、俳句と言う小器に思いも寄らぬ質量のものを盛ることが出来ると知る。その辺りが誰もが俳句の面白さに嵌るラインで、既に自身も術中に嵌ったことを自覚している筈。少々時間に遅れても、実際の句会に身を置くことは、大切なことで、私の選に入る入らないは別として、他人の句を見て読み解く、という行為で進む方向を自分なりに見出して、それが今日の羽合俳句の姿勢となっている。この作者、教壇から去ろうとしているのだが、余りその感慨というものを披瀝したことが無い。何十年間の引率者として、修学旅行に行った先々の句を、私が余り評価しなかった所為か、残していない。こちらも記憶にない。としたら、個人的な思い出を削ぎ落としたことになる。お詫び申し上げる。

二〇二四年十一月一日
中原道夫

句評

中原道夫

雲台に乗せ雲海を見下ろしぬ　（九頁）

雲台とは三脚上に取り付け、カメラや望遠鏡などを上下左右に方向を変えられるようにする固定装置。雲海はご存知の通り、富士山など標高の高い山に登り御来迎を仰ぐとき、眼前には大抵雲海が広がる。私は勝手に北海道の星野リゾート・トマム雲海テラスを想起。出来れば一度は見てみたいもののひとつなのだが、迫り出したテラスに大声の中国人が群がっているのは、興醒めというもの。一人きりなどという贅沢は言わぬから、一度体験したいと思っている。この句あたかも、雲台と雲海の一致で、台に乗った雲のイメージでも遊べる。実はこの作者、以前よりカメラに凝っていたのだとか。

アトリエは匂ふに任せ梅雨に入る　（十七頁）

アトリエの主たる匂いは、油絵具を溶くテレピン油である。ストリッパー（画布更生剤）にも匂いがあるが、それは四六時中使うものではないので、考えには入れない。独特のニオイといえばニオイだが、画学生だった私には懐かしいニオイである。梅雨季は殊に絵の具が乾かないから、ニオイが籠る。ニス風のニオイなら何てことないが、先程のテレピンと筆を洗ったり、雑巾で拭いたりした後、放置したものが醗酵し臭気に変る。懐かしいと言ったが、結構籠るとクサイ。

ストローで探る底意や五月闇　(十七頁)

ここで注目すべきは〈底意〉という言葉。これは表情や言葉にはっきりと表れない考え、態度という意味。そしてストローという小道具から、ジュースなどのソフトドリンクを飲んでいるシチュエーションを思わせる。それも一人ではなく恋人未満？の二人のように思われる。打ち明け話なのに、片方何を思っているのか心が掴めない。真意を探るべく、すっかり溶けかかったグラスの底をストローでいつまでも突ついている、なんていうのは安っぽいドラマの見過ぎかも知れぬ。しかし、下五の五月闇が当事者に影を落としているのは確かだ。

夕立にしとど濡れたる撒水車　(二十頁)

撒水車（さんすいしゃ）若しくは（さっすいしゃ）とも読む。乾いた道路の埃鎮めに時折都会では出動する姿を見かけるが、日常茶飯では無いから、見たこと無い人もいよう。路肩の縁に合わせてワイヤー状の束子でゴミを掻き集め、水で洗い流して行く。傍観して居る限りは歯垢が削られたようでもあり、何とも気持ち良い。同時に埃を鎮める為に文字通り水を撒いていくのだが、その直後に夕立が来てとなると、やった甲斐が無いとは言わないが、二度手間、お生憎さまという感じがしないでも無い。噴水に雨が降るのとは違って、こちらは確実にスッキリとした趣となる。ここでは、撒水車自体も夕立にズブ濡れとなっている処に注目したようだ。

已己巳己《いこみき》の蟻連綿と穴出づる　（二十一頁）

似て非なる。「どれ」が「どれ」だか注意深さが求められる一寸ずつ違う漢字、イヤーな部類に入る。半分出ている、出ていない、完全に塞がる、で読みも意味も異なる。文字成立の原初までここではたどっていられないので省略。句意としては、ほんの少しずつ、違ってはいるが、ざっと見たところは同じ姿の蟻が穴から出てくる、という句だ。蟻にも個性があって、性格は兎も角として、姿は顕微鏡クラスの細かさで見れば、違いがあるのだろう。後藤比奈夫の「蛞蝓といふ字どこやら動き出す」は蛞蝓の蝓の字の巜の辺りがぬるぬると動いた航跡（蝸牛なら蝸涎《くわせん》）に見える処からの穿ちだが、掲句の已己巳己は蟻の姿に見えない。数で勝負をかけたといっていいだろう。私の同門に「遠嶺」を創刊主宰していた故小澤克己がいる。が、皆が「かつみ」と呼ぶのだが、文字をよく見ると己（口が開いているからいが本来の音なのだが）で「かつみ」で通っていた。市役所の戸籍係が間違ったか、届け出た人が巳を己と書いてしまったか、本人に聞きそびれてしまった。本当は「かつい」だったとも考えられる。克己と書いても克巳に見えるらしい。

サイダーの矢つぎつぎに喉通る　（二十四頁）

夏の季語サイダーとかラムネの句は一種懐かしさを感じさせる。私など戦後生まれはシトロンという物もあった。掲句の〈矢〉から即［三ツ矢サイダー］を想起した人は同年代である。それもあろうが、本筋は炭酸が喉に刺さるような刺激からの〈矢〉形容としたようだ。実際〈矢〉の様に刺さったり喉に引っかかっては困る訳で、一過性の刺激で案ずる事なくすんなり喉を通過したよう。

赤も黄も飛びしポスター大西日　（二十五頁）

何のポスターか分からないが、公示があって直ぐに選挙というような掲出期間の短いものでは、こうはならない。炎天下とも限らないが、何ヶ月も掲出してあるようなものは、見事に色褪せてしまっているポスターを見る事はしばしば。まるで藍のインクだけで印刷したかと思うものも。印刷インクには日光堅牢度という数値があって、赤〈マゼンタ〉黄〈イエロー〉藍〈インデイゴ〉を基本三原色とするが、日光には弱く直ぐに赤と黄は褪色するという難点がある。この作者はそれを直に見て、大西日に晒されてている時空で切り取ったようだ。

退屈も地獄のひとつ蟻地獄　（二十六頁）

蟻地獄は日がな一日、落ちて来るあてもない餌を待っている。あの世には八大地獄なるものがあって、阿鼻、即ち無間地獄が緒地獄中最も苦しい所といわれている。そんなウルトラ地獄からすれば足許にも及ばない地獄だが、蟻地獄は退屈地獄だと穿ってみせる。退屈をしたことのない人間には、理解できない地獄である。これって独房に似ていないだろうか。

密室の秋蚊に容疑かたまりぬ　（三十二頁）

〝秋蚊〟と〝容疑〟ではいささか面白過ぎると難じられそうだが――。密室では、外部からの侵入者以外に犯人の特定は考えられない、とする基本的態度は崩さない。ふと「沖」時代の松村武雄の〈蚊がひとつ室内楽より出できたる〉を思い出したのだが、この〝蚊〟も誰かを螫して、そ知らぬ顔で出てきた〝犯人（ホシ）〟ではなかったかと、勘繰ってみるのだった。

穴惑ひしたる昭和を懐しむ　（三十二頁）

この句から、平成の世になった（温暖化にともなって）穴惑いもすることがなくなった――と読むことが出来る。昭和の時代には蛇は蛇らしく秋になれば、冬眠の前のひと騒ぎ、秋を懐かしむかのように穴に入らず、逡巡していたのである。自然破壊、環境破壊という時世に、それが狂い始めていると作者は言いたいのだ。

月見客帰りてよりの月よろし　（三十四頁）

現代では観月句会など大々的にやる処もあるようだが、個人的に家に客を招いてなどというのは、贅沢の部類に入ると思う。俳人ですら大抵次の日句会で会って「昨日の月素晴らしかったね」と賛え合うぐらいのもの、世の中すべて時間に押し流されて〝風雅〟の余裕もない。句の上で〝月の客〟を詠んだことにしよう。月見客などという連中は〝名月〟に引かれてやって来たような顔はしているが、実は酒、肴を目当てにしている訳で、月を眺めること数分、あとは背を向けて飲み始める。酒は一人、静かに飲むべかりけり、なんて全く心にもない連中。ひとしきり飲んで食べて喋って、帰っていく。それから主は、待たせたかと言うように月を一人ゆったりと見る。騒々しかった酒宴も嘘のよう。同じ月とは思えぬ程、我が為に輝きを増しているように思えて来る。帰って行った月の客の〝置き土産〟と思えば、これまた清々しく一杯が進む。

麦とろの薯蕷《とろ》を噛まずに麦飯《むぎ》を噛む　（三十四頁）

理屈っぽいことを書いているようだが、平たく言えば、麦とろは噛まずに呑み込んでしまう、馬鹿の三杯飯であると——母などは言っていた。麦飯もひょっとして噛んでおらず流し込みの状態に近い。麦とろというと東海道は鞠子宿のとろろ汁を麦めしにかけたものが有名だが、静岡県榛原郡川根町周辺で自然署が昔から栽培されていた所為もあるようだ。何故麦めしかと言えば、スルスルと噛まずとも入るので、消化のよい麦めしになったとも、ものの本には書いてある。作者の表記は薯蕷（とろ）、漢名では「じょ」または「しょ」だから長芋、中国原産のもので日本原産のヤマノイモより粘りが少なくとろろ汁向き。表記も合っている。では、自然署を例えばとろろ汁に使ったら、さてどうなると思う？

大道芸最後は釣瓶落しとす　（三十六頁）

大道芸、アルルカン、サーカスといった類の言葉には前時代的な響きがあり、私にはどうも郷愁よりも斜陽のイメージが纏わり付いて離れない。私のイメージ分類が大道芸＝モロッコはマラケシュのジャムエル・フナ広場、アルルカン＝画家マツイ・ヨシアキが描く処の道化師のコメディア・デラルテ、サーカス＝子供の頃観たシバタ大サーカスと木下サーカスという、これがデータ不足に因るものであることは重々承知している。日本の大道芸も、立ちん坊で足が草臥れる程見たことがないので正確なことは言えない。掲句はジャグラーが幾つもの玉を操っている処か。何分ぐらいの演技なのかも定かではないが、最後にとっておき？の至芸、傾きかけた夕日をストンと釣瓶落しにして見せるという釣瓶落しの〝オチ〟、まあ見てのお楽しみ。心から面白いと思ったら、帽子にお金を入れて――とはやっぱり寂しい職業である。

開戦日おでんの卵隠れたる　（三十七頁）

開戦日と書き十二月八日と書かないのは、十二月がより〝おでん〟＝関東煮《だき》（焚）の季節感を支援するからか。そこには作者の考えがあって、おでんの中でも練り物、大根を差し置いて〝卵〟を暗喩の主人公に持ってきていることだ。生たまごを投げつける〝卵爆弾〟なんて言葉を思い出さないか。手榴弾（よりは小さいが）風な扱いで、おでん種に卵隠れる開戦日、なのだ。さらりと書いて、批判精神の見え隠れする作と思った次第。

ラガーの声放物線を描き来ぬ　（三十九頁）

ラガーの句といえば誰もが横山白虹〈ラガー等のそのかちうたのみじかけれ〉をまず思い出す。先日の鼎談で髙橋睦郎さんとこの句のことを話をしていたばかりで、感ずる処があったのかも知れない。以前（平成八年・角川「俳句」）横山白虹のこの句について書いてあったので、引用してみようと思う。

前書に、昭和九年二月十八日大阪花園に於て全日本対全豪州ラグビー試合を見る——とある。その年、横山白虹三十五歳。三十五歳といっても日炭高松病院長を経て、自分の外科病院を開設するなど、既に青春の面影はなかったかとも。——中略——横山白虹は一高時代、陸上競技部で短距離をやっていたそうで、勝負の苦汁を舐めている。そんな苦汁を舐めた日々、即ち〈青春〉も既に過去になりつつある自分をラガー等の姿に重ね合わせて見ていたのでは。〈かちうた〉で勝者側を詠いつつ、破れた側の無念、寂寥感を潜めた紛うことなき青春の一句だと思われる。

青春の一句を書けとの依頼で私は白虹の掲句を選んだのだが、この作者も頭のどこかに白虹の句があったと思われる。双方ともラガー等の〝声〟をモチーフに一句に仕立てているが、この作者の方がより意識的に、レトリカルに〝見せ場〟を作っている。ボールが宙をゆるいカーブを描いて飛んで来るシーンに見せかけの声の放物線とズラシをかける。ボールをパスするラガー自身もウォーとか奇声を発することはあるだろうが、ラガーというよりも観衆の響動《どよ》めく声が主たる音声で、むしろボールを追う〝視線〟が放物線を描いていることを誰もが承知している。

梅の枝に刺されて星の匂ひくる　（四十八頁）

鞭のようにしなやかに空に差し出した梅の〝楉《しもと》〟を詠う。「桜伐る馬鹿、梅伐らぬ馬鹿」と俗に言われるように、梅の若い枝は直線で良く伸びる。その楉が夕暮どきの星を刺したという〝穿ち〟が、心憎い。匂い袋でも刺したかのように、梅ではなくて星が匂ってくる、という捻りも、巧者の匂いがする。

老梅に四声抑揚ありにけり　（四十八頁）

老梅の梅の字と中国語（北京語）の〝四声〟から、往年の名女形、梅蘭芳（1894―1961）を突飛ながら想起する。昔、初老の素顔の梅蘭芳がインタビューに応えるフィルムを観たことがあった。どんな声だったか覚えていないが、柔らかい抑揚（イントネーション）であったことだけを強く覚えている。媽麻馬罵《（MAMAMAMA）》の声調くらい、と真似して言ってみるとこれが難しい。それなのに広東語は八声とも言われる。中国でも発音するのが至難の業であるという。イントネーションも同じ語が沢山あり、言葉の前後関係から推量するしかないと聞いた。掲句は基本音の「MA」を寸借して、老梅に「まあ〜」とその咲き振りに何人かが色々なMA音、驚嘆の声を挙げた、という仕掛けである。

人魂はまずふらここに乗りたがる　（四十八頁）

原句は〝幽霊〟であった。幽霊を夏の季題にしたいと考えている私は、ここでは〝ふらここ〟が春の季語であるから、夏の〝幽霊〟にはちょっと遠慮して貰って〝人魂〟とトーンダウンして貰った。幽霊も人魂も同じものであるが、字面、それに姿あるもの、ないもの、というイメージの差はある。掲句は、ブランコが、ゆらゆらと風に揺れている景を書いている。その揺れはあたかも透明人間が腰掛けて揺らしている、そこからの発想だということは直ぐに解る。しかしそこでだとまだ食指は動かなかった。多分、〝乗りたがる〟の切望。ひょっとして、ブランコに生前充分乗ることが出来ずに逝った、幼い人魂であれば、一寸と泣けて来るではないか。

彼方此方の時計とともに朝寝しぬ　（五十三頁）

ルビが振ってないが〈あちこち〉と読むのだろう。その方が〈かなたこなた〉よりはリズミカルでカチカチと秒針の動きに上手く合う。あちこちの時計がコチコチと音を立て、それを聞きながら——の朝寝、余裕があるではないか。はたと気付く、あちこちと複数で置いている時計から、普段は中々起きられない人だということである。今日は休日、逆に恨みを果たすかのように、時計を侍らせて朝寝を愉しんでいるのだ。

壺焼きの次は六腑を曲りゆく　（五十三頁）

三陸の牡蛎の次は、栄螺オマエもか、となる。貝類は海藻を摂取している故、汚染も蓄積するようである。そうなると壺焼きの奥の奥、蜷局《とぐろ》を巻いた〝肝〟は少々心配になって来る。掲句は〝惨事（東日本大震災のこと）〟以前の句、栄螺の律議に曲りくねった身が引き出され、人間の口に入り、胃の腑に落ち、小腸、大腸と六腑をここでも貝殻の中にいたときと同じく、曲っていく可笑しさ（悲哀）を書く。一般的な壺焼きの噛み応えなど書いていては、こんなおどけた句は出来なかっただろう、愉快。

春愁に掻き乱さるること愁ふ　（五十五頁）

鶏が先か卵が先か風な作り。悩むこと、浮かぬこと、不定愁訴が何となく集まって、〝春愁〟らしきモノになる。その春愁に常なる生活、気分が掻き乱されるのは仕方のないことだが、そのことをまた〝愁ふ〟というから、蛇が自分の尾を銜えたような塩梅。グルグル原因結果が回り始める。

流氷の糸鋸《ジグソー》復元画《パズル》崩さるる　（七十頁）

糸鋸復元画に（ジグソーパズル）とルビ付されていて、おおこう書くのかと一種の驚きをもって改めて、文字面を眺め納得する。あの不定形の雲型一部直線を含むかたちを上手く嵌め込んでいくゲーム、とても根気を要する遊びに、それこそ嵌る人がいる。物に因っては、一週間とかもっと時間の掛かる上級者向けのパズルも有るのだとか。辛気臭いことが全く駄目な私は手を出したこともない世界である。掲句の面白さは、まずパズルの素材が［流氷］であること。何故かというと、幾重にも重なった氷の接岸した風景は陰影や氷の大きさには差違はあるものの、一枚の写真を莫大な数のピースに分解したものだから、複雑極まりない。それに果敢に挑戦するというのだから、根気の要る、暇つぶしとよんで良いものか。そしてやっと完成した達成感といった方が良いだろう。それをあっという間に崩してしまう。その〈崩す〉には流氷の山が崩れるという裏の意味も潜んでいる。それを作者は目論んでいるのだが、もっと難度の高いジグソーに、雲も何も陰影の無いそれこそ取り付く島のない〈空〉一面だと仄聞したことがある。

磯桶に女の指の戻りけり　（七十六頁）

〝女〟と表記してはいるが、明らかに〝海女〟である。波間に浮かぶ磯桶（海中で獲った、鮑、栄螺などを入れておく）の縁《へり》に〝海女〟の手がかかった。恐らく海中から戻って一休み、桶に手をかけて、呼吸を整えている景だ。私が先に〝海女〟とバラしてしまった訳だが、作者としては〝女〟と書きたかった。磯桶に指という接近した景を切り取るには〝海女〟という職業が直に出るよりは、〝女〟と艶っぽくぼかしておきたかったのであろう。

がんがぜの自己《おのれ》に向きし棘はなし　（七十六頁）

がんがぜの甲羸《かせ》はウニの古称。がんがぜは棘の長いウニを指して言う。海胆の棘はどんなものでも、殻皮から外に放射状態に出ている。自己防衛の為に毒を持つものもあるそうだが、この作者が言うように自己の内部に向く棘はひとつとしてない。勿論、自己を攻めるような人間に譬えているのは明らか、である。他人には厳しく自己には甘く、という人、どこかにもいたなあと思う。薔薇なども自己愛の最たるものと言えよう。

うら寂し雨後の添水の音ことに　（九十二頁）

（原句は「うら寂し雨後の添水の音響き」だったので、その表記での評）

久延毘古（くえびこ）という耳慣れない言葉がある。辞書を引けば直ぐ出て来る。これは「崩（く）え彦」の意味があり、古事記に出て来る神の名だそうな。その久延毘古が現在の案山子だというのだ。確かに〝かかし〟と引くと案山子、〝そおず〟と引いても案山子と出る。〝かかし〟は〝嗅がし〟（獣肉を焼いてその臭をかがせて鳥獣を退散させたの意に因る）の転だと思って来たものには混乱を与える。〝添水〟の原型は案山子（そおず）（古形はソホヅ）で間違いないようで、行き着く先はソホヅ、つまり〝濡（ソボ）つ〟なのではとの推理を楽しむ。と言うのは、〝添水〟を〝鹿威し〟と呼ぶことに、何ら不審を抱かない人が多いが、今では庭園の隅に設けられた竹筒が石を打つ（風情のみの）音になり下がってしまった。〝添水（そほづ）〟はまさしく〝濡（そほ）つ〟（古くは清音）の役目しかなく、鳥獣を威嚇する機能を失っているからだ。〝嗅《か》がし〟から出発した〝案山子〟と〝添水〟のイメージの隔たりをいつも感じていたものだから、少し深入り寄り道をしてみた。掲句の静寂さはどうだ。現代でありながら、古句をみるような安けさがある。〝添水の音〟とまで書けば〝ひびき〟は蛇足、今の私だったら〝添水の音ことに〟とするだろう。その辺は作者に再考して貰うとして、やっぱり〝雨後〟の〝添水〟がいい。天然の山の水を引いている添水なら、雨後の水量は俄に増し、竹筒に溜まる速さも暫時増す筈である。そうなるといくらかは活気付くかに見える（雨も止んだのだし）のだが、依然うら寂しいという気分を引きずる作者。添水のとき折り立てる〝音〟の緩急以前に、この作者の心中には動かし難い何か、気鬱の塊が居座っているのだ。

紅葉の幕間のごと茶屋に入る　（九十三頁）

この句にも仕掛けが潜んでいるのだが解るだろうか。紅葉の幕間〈まくあい〉からこの紅葉も本当の紅葉というより、歌舞伎の出し物と出し物の間の休憩、幕間を思わせる。大抵その間に食べるのが幕内弁当だったりする。であるから、作者は緞帳の降りた舞台を尻目に休息を兼ねて〈茶屋〉に入ると言うのだ。茶屋の部分で大自然の中にいるニュアンスは残っているが、上五の紅葉と言うより〈幕間〉の一語に因って芝居仕立てを楽しんでいると見る。何故なら徐々に色づいていく紅葉に〈一休み〉というインターバルは存在しないから。息抜きに舞台を降りてきた竜田姫と茶屋で出食わすなんてことを、こちらも遊んで鑑賞すれば良い。

寒林を経て粗びきの星出づる　（九十六頁）

粗びきなどという言葉は、〈挽肉〉を即、思い起こさせ、〝星〟にはおよそ結び付かない。しかし考えてみれば粗星、荒星、という語がある訳であるから、粗びき（調理用語）の転用も考えてみるべきであった。細く挽くの反対であるから、ゴツゴツ大きな、という意であろう。すっかり葉を落とした寒林、枝々の間を擦り抜けた、大粒な星、等級のある星という読みになる。〝粗びき〟の一語で、情緒的に傾くところを救っているのかも知れない。

朝日子の滑り落ちては氷柱伸ぶ　（九十六頁）

俳句の世界では昇ったばかりの朝日のことを〈朝日子〉と可愛らしく擬人化する。これ掲句では次なる〈滑り落ちては〉が待ち構えていて、あたかも子供が遊具で滑り落ちるかのように錯覚させる。しかし唯凍つくような寒さだけでは氷柱は伸びない。少し気温が上がり一度凍ったものが溶け出すことに因って、その雫で以て氷柱は伸びていく。朝日が顔を覗かせることで、昨夜より更に伸びた氷柱の輝きを眼前にする。世に知られる、鷹羽狩行の〈みちのくの星入り氷柱吾に呉れよ〉などは、朝を迎える前の前夜仕込みのものである。

幾本も凍鶴刺さる大地《モシリ》かな　（九十七頁）

大地のことを〝モシリ〟とルビを振っていることからも凍鶴の棲む大地はアイヌ・モシリに他ならないという意を伝えたかったとみる。鳥類として動き廻っているときは、モノ的に無機質に〝幾本も〟というような表現はしない。まるでナイフ、フォークの類の金属が刺さるような形態を説明するには、やはり、何羽ではなく、幾本という表現となる。ここに〝情〟でも持ち込もうとすると、血も凍ってしまうような状況を醸し出せなくなる。そう思っての描写と納得する。

銃口の第一声に凍りつく（九十七頁）

動くな！(freeze) と言われたのに動いて不審人物として銃で撃たれたハロウィンの事件があった。その光景はまさに〝凍りつくような〟と言うしかない。作者がその事件を知って書いているかどうかは別として、思わぬ所、銃声が聞こえる筈のない所で、その音を耳にしたら、大抵の人は凍りつく以前に動転するだろう。季語は〝凍りつく〟であり、猟期であるならば、ある程度銃声は想定内である。そうなると〝凍りつく〟は表現上の誇張とみる。〝銃口の第一声〟という書き方も少々念が入っていて、〝銃声〟の一語に集約出来そうなところなのだが、〝銃口〟と書くことで視点は数段確かなものとなる。すでに銃口を構えているものを見ていてワザワザ驚くのもおかしなもので、この凍りつくは、寝入っていた鴨、野鳥の類ではないか。

裏事情でで虫ほども知らざりき　（百三十六頁）

〝裏事情〟などという言葉、週刊誌、マスコミではよく見掛ける。これが〝俳言〟に入るのかどうか知らぬが、あまり〝詩的〟とは思えない。——ほども知らざりきと書いて、作者は嘆いてみせるが、事情に精通するのが良いとばかり限らない。裏事情、この場合、蝸牛の日の当たらない葉裏を好んで過ごす性質、生態を引っ掛けて言っているのだが、自嘲しながらも、世に疎い生き方を是とする、矜持が感じられる。空気が吸えないのは困るが、〈ＫＹ〉空気は読めなくても結構である。

附録

全文よみがな

ふりがなでなく、全句の読み仮名を記しました。
なお、二通り読めるものは、筆者の好む読み方を先に記しました。

4 大鷲の掴む前より掴む形
三脚の林立したる鷹柱
陽光と差し違へたる揚雲雀
5 さくらまたさくらの道のカタルシス
感嘆の符牒行き交ふ花の道
浮薄なる花なり人を騒がせて
6 満面の笑み背景の花暈かす
望遠レンズずしりと加ふ花疲れ
連翹のかくも闘志を滾らする
7 ハミングの我も加へよ百千鳥
うららかや海驢の拍手への拍手
菜の花に油を売つてゐるところ
8 緑陰をチェーンソーもて倒したる
残像の発端にゐる翡翠かな
翡翠を撮り損ねたり次を待つ

おおわしの　つかむさき(まえ)より　つかむなり
さんきゃくの　りんりつしたる　たかばしら
ようこうと　さしちがえたる　あげひばり
さくらまた　さくらのみちの　かたるしす
かんたんの　ふぎょうゆきかう　はなのみち
ふはくなる　はななりひとを　さわがせて
まんめんの　えみ　はいけいの　はなぼかす
ぼうえんれんず　ずしりとくわう　はなづかれ
れんぎょうの　かくもとうしを　たぎらする
はみんぐの　われもくわえよ　ももちどり
うららかや　あしかのはくしゅへの　はくしゅ
なのはなに　あぶらをうって　いるところ
りょくいんを　ちぇーんそーもて　たおしたる
ざんぞうの　ほったんにいる　ひすいかな
かわせみを　とりそこねたり　つぎをまつ

9
雲海や崩れぬままの波進む
うんかいや　くずれぬままの　なみすすむ

雲台に載せ雲海を見下ろしぬ
うんだいに　のせ　うんかいを　みおろしぬ

三脚も脚を伸ばししまま昼寝
さんきゃくも　あしをのばしし　ままひるね

10
スローシャッターの音に花火の音ずれて
すろーしゃったーの　おとにはなびの　おとずれて

鯖雲や魚眼レンズにつけ替へる
さばぐもや　ぎょがんれんずに　つけかえる

釣瓶落し流星群を引き連れて
つるべおとし　りゅうせいぐんを　ひきつれて

11
秋うらら馬駆る吾子を連写しぬ
あきうらら　うまかるあこを　れんしゃしぬ

眼睛のキャッチライトは聖樹より
がんせいの　きゃっちらいとは　せいじゅより

シャッターの音の混み合ふ初日の出
しゃったーの　おとのこみあう　はつひので

12
流し撮り鷹の視線の流れゐず
ながしどり　たかのしせんの　ながれいず

16
風鈴の音の重なり方十色
ふうりんの　おとのかさなりかた　といろ

壁に手を当て黴臭き地階へと
かべにてを　あて　かびくさき　ちかいへと

先頭の他は覇気なきメーデー旗
せんとうの　ほかははきなき　めーでーき

17
花子なき象舎卯の花腐しかな
はなこなき　ぞうしゃ　うのはなくさしかな

アトリエは匂ふに任せ梅雨に入る
あとりえは　におうにまかせ　つゆにいる

ストローで探る底意や五月闇
18 祭枯らすな腹の底より声を出せ
蝿払ひつつ聖餐のワイン飲む
出色のエンゼルケア水中花
19 覇王樹の花あれは嘘といふ嘘
ねつとりと膨れし昆布昼寝覚
灯を消して網戸の客を帰しけり
20 夕立にしとど濡れたる撒水車
風鈴の売り声となる風鈴は
どの皿もトマトの星を残しけり
21 巳己巳己《いこみき》の蟻連綿と穴出づる
蜘蛛の囲にかかるいとまはなかりけり
巨大《おほい》なる翅蟻の巣に近づけり
22 炎天に労働人《はたらきびと》の絞らるる
日盛りやひろげしのみの翅たたむ

すとろーで　さぐるそこいや　さつきやみ
まつりからすな　はらのそこより　こえをだせ
はえはらいつつ　せいさんの　わいんのむ
しゅっしょくの　えんぜるけあ　すいちゅうか
さぼてんのはな　あれはうそという　うそ
ねっとりと　ふくれしこんぶ　ひるねざめ
ひをけして　あみどのきゃくを　かえしけり
ゆうだちに　しとどぬれたる　さっすいしゃ（さんすいしゃ）
ふうりんの　うりごえとなる　ふうりんは
どのさらも　とまとのほしを　のこしけり
いこみきの　あり　れんめんと　あないずる
くものいに　かかるいとまは　なかりけり
おおいなる　はね　ありのすに　ちかづけり
えんてんに　はたらきびとの　しぼらるる
ひざかりや　ひろげしのみの　はねたたむ

23

炎昼やぜんまい仕掛けのやうな人
光芒の水面に折るる桜桃忌
リボンには譲れぬ蜘蛛の囲を張りて

24

束の間を紙魚駆け抜けて行きにけり
蜘蛛の囲に隈なく雫干されたる
幾千の薔薇めぐる径くぐる径

25

サイダーの矢つぎつぎに喉通る
蹄鉄を打ち直さうか走馬灯
三伏の真赤な自動販売機

26

赤も黄も飛びしポスター大西日
打水の打ちひしがれしもの生かす
退屈も地獄のひとつ蟻地獄

27

無表情な警官並べ大西日
打刻して蝙蝠の夜の始まりぬ
全天にひしめく流れ星候補

えんちゅうや　ぜんまいじかけの　ようなひと
こうもうの　みなもにおるる　おうとうき
りぼんには　ゆずれぬ　くもの　いをはりて
つかのまを　しみかけぬけて　ゆきにけり
くものいに　くまなくしずく　ほされたる
いくせんの　ばらめぐるみち　くぐるみち
さいだーの　やつぎつぎに　のどとおる
ていてつを　うちなおそうか　そうまとう
さんぷくの　まっかな　じどうはんばいき
あかもきも　とびしぽすたー　おおにしび
うちみずの　うちひしがれし　ものいかす
たいくつも　じごくのひとつ　ありじごく
むひょうじょうな　けいかんならべ　おおにしび
だこくして　こうもりのよの　はじまりぬ
ぜんてんに　ひしめく　ながれぼし　こうほ

花火咲く度に浴衣の華やぎぬ
28 原爆忌花やしきより叫び声
鳩寄せぬ針並びたる広島忌
四階の箸の上げ下げ遠花火
29 経よりもしみじみ語りたる孀娥
賜日和灰の中より喉仏
蟋蟀や音消して着く救急車
30 鶏頭とともに傍観してしまふ
キャタピラー秋の七草つぶしゆく
秋麗オープンカーに風乗せて
31 簡単に譲れぬ猿の腰かけは
戸袋の中の広がり鉦叩
飛蝗みな退けて資材の置かれけり
32 密室の秋蚊に容疑かたまりぬ
穴惑ひしたる昭和を懐しむ

はなびさく　たびにゆかたの　はなやぎぬ
げんばくき　はなやしきより　さけびごえ
はとよせぬ　はりならびたる　ひろしまき
よんかいの　はしのあげさげ　とおはなび
きょうよりも　しみじみかたりたる　そうが
もずびより　はいのなかより　のどぼとけ
こおろぎや　おとけしてつく　きゅうきゅうしゃ
けいとうと　ともにぼうかん　してしまう
きゃたぴらー　あきのななくさ　つぶしゆく
あきうらら　おーぷんかーに　かぜのせて
かんたんに　ゆずれぬ　さるの　こしかけは
とぶくろの　なかのひろがり　かねたたき
ばったみな　のけてしざいの　おかれけり
みっしつの　あきかにようぎ　かたまりぬ
あなまどい　したるしょうわを　なつかしむ

古扇の開け閉て寿命幾許か
33 秋霖や灰寄せに人寄り合へり
吠えしきる犬流れゆく秋出水
秋雲のエンドロールや首都の暮
34 月見客帰りてよりの月よろし
細りゆく音に胡麻の香立ち上がる
麦とろの薯蕷《とろ》を噛まずに麦《むぎ》飯を噛む
35 それぞれの庭に虫の音絹ねられ
百弦の渋味奏する柿すだれ
杖頼む人を集めて菊花展
36 背景に手抜かりありぬ菊人形
大道芸最後は釣瓶落しとす
刃物手に謁見の間へ入る菊師
37 武者震ひしたくてならぬ菊人形
水餅や真夜の廊下を雪隠へ

ふるおうぎの　あけたて　じゅみょう　いくばくか
しゅうりんや　はいよせにひと　よりあえり
ほえしきる　いぬながれゆく　あきでみず
しゅううん(あきぐも)の　えんどろーるや　しゅとのくれ
つきみきゃく　かえりてよりの　つきよろし
ほそりゆく　おとにごまのか　たちあがる
むぎとろの　とろをかまずに　むぎをかむ
それぞれの　にわにむしのね　たがねられ
ひゃくげんの　しぶみそうする　かきすだれ
つえたのむ　ひとをあつめて　きっかてん
はいけいに　てぬかりありぬ　きくにんぎょう
だいどうげい　さいごは　つるべおとしとす
はものてに　えっけんのまへ　いるきくし
むしゃぶるい　したくてならぬ　きくにんぎょう
みずもちや　まよのろうかを　せっちんへ

開戦日おでんの卵隠れたる
38 金屏の裏には闇へ下る段
輝ける霜柱より逝きにけり
月光に水仙の席なほ余る
39 ラガーの声放物線を描き来ぬ
買ひたての靴絨毯を四歩五歩
初富士の輪転機より現るる
40 水鳥の餌に老人集り来る
隙間風てふ来訪者茶を入れな
曲想のよろしきことよ金屏風
41 いやはては赤児に至る初電話
開け閉てのいつにも増して三ヶ日
ぽつぺんに淑気の硬さほぐれけり
42 鮮やかな香に縁取られ畳替
初声に近づきたれば遠ざかる

かいせんび　おでんのたまご　かくれたる
きんびょうの　うらにはやみへ　くだるだん
かがやける　しもばしらより　ゆきにけり
げっこうに　すいせんのせき　なおあまる
らがーのこえ　ほうぶつせんを　えがききぬ
かいたてのくつ　じゅうたんを　よんほごほ(よんぽごほ)
はつふじの　りんてんきより　あらわるる
みずとりの　えさにろうじん　たかりくる
すきまかぜちょう　らいほうしゃ　ちゃをいれな
きょくそうの　よろしきことよ　きんびょうぶ
いやはては　あかごにいたる　はつでんわ
あけたての　いつにもまして　さんがにち
ぽっぺんに　しゅくきのかたさ　ほぐれけり
あざやかな　かにふちどられ　たたみがえ
はつごえに　ちかづきたれば　とおざかる

43

銀座通りを一台過ぎてゆく淑気
鮟鱇鍋壁の色紙に度肝抜く
往診を打診しやうか雪女

44

かまくらの口より出づる欠伸の子
己打つ節分の豆配りけり
鬼やらひ暮はサンタでありし人

45

追儺終へ呻くバキュームクリーナー
恋猫の争ひ闇を濃くしたる
龍天に小籠包の裂けて汁

46

的確に朧夜たたく白杖は
中華鍋激しく混ざる猫の恋
逆風より順風怖し揚雲雀

47

煙行く方へ芝火の這つてゆく
防音の工事やかまし万愚節
啓蟄やバリウム呑みて天地逆

ぎんざどおりを　いちだいすぎてゆく　しゅくき
あんこうなべ　かべのしきしに　どぎもぬく
おうしんを　だしんしようか　ゆきおんな
かまくらの　くちよりいずる　あくびのこ
おのれうつ　せつぶんのまめ　くばりけり
おにやらい　くれはさんたで　ありしひと
ついなおえ　うめく　ばきゅーむくりーなー
こいねこの　あらそいやみを　こくしたる
りゅうてんに　しょうろんぽうの　さけてしる
てきかくに　おぼろよたたく　はくじょうは
ちゅうかなべ　はげしくまざる　ねこのこい
ぎゃくふうより　じゅんぷうこわし　あげひばり
けむりゆくかた(ほう)へ　しばびの　はってゆく
ぼうおんの　こうじやかまし　ばんぐせつ
けいちつや　ばりうむのみて　てんちぎゃく

48
降りきたる帳引き裂く恋の猫
梅の枝に刺されて星の匂ひくる
老梅に四声抑揚ありにけり

49
人魂はまずふらここに乗りたがる
千本の針を買ひたる万愚節
手応への割に弾まぬ紙風船

50
月煌々影まで逸る浮かれ猫
蛇出でて婆娑の空気に舌晒す
獄舎より出でて朧に消されけり

51
祝祷を受け啓蟄の街に出づ
洗礼のごとく桜に浸りけり
桜前線海にも引かれ万愚節

52
散らば伐らるる見納めの花二本
飛花落花積もる話に花咲かす
一雨に流れ解散花筏

おりきたる　とばりひきさく　こいのねこ
うめのえに　さされてほしの　においくる
ろうばいに　しせいよくよう　ありにけり
ひとだまは　まずふらここに　のりたがる
せんぼんの　はりをかいたる　ばんぐせつ
てごたえの　わりにはずまぬ　かみふうせん
つきこうこう　かげまではやる　うかれねこ
へびいでて　しゃばのくうきに　したさらす
ごくしゃより　いでておぼろに　けされけり
しゅくとうを　うけけいちつの　まちにいず
せんれいの　ごとくさくらに　ひたりけり
さくらぜんせん　うみにもひかれ　ばんぐせつ
ちらばきらるる　みおさめの　はなにほん
ひからっか　つもるはなしに　はなさかす
ひとあめに　ながれかいさん　はないかだ

53 風上に笑顔を置きて風車
日没を少しくずらす半仙戯
彼方此方の時計とともに朝寝しぬ
壺焼きの次は六腑を曲りゆく
54 脇道に逸れても銀座春日和
朧夜をピザカッターで切り分ける
うららかや天空摩するビルの群
55 花もどり路傍の花に目もくれず
多数派を目論んでをり落椿
春愁に掻き乱さるること愁ふ
56 下萌えを宙に浮かべるショベルカー
おばしまに春愁の肘つけにけり
春障子開けてふたりに睨まるる
60 蛇入りて沼の周囲《まはり》の引締る
結界を越え滝音に近づきぬ

かざかみに　えがおをおきて　かざぐるま
にちぼつを　すこしくずらす　はんせんぎ
あちこちの　とけいとともに　あさねしぬ
つぼやきの　つぎはろっぷを　まがりゆく
わきみちに　それてもぎんざ　はるびより
おぼろよを　ぴざかったーで　きりわける
うららかや　てんくうまする　びるのむれ
はなもどり　ろぼうのはなに　めもくれず
たすうはを　もくろんでおり　おちつばき
しゅんしゅうに　かきみださるる　ことうれう
したもえを　ちゅうにうかべる　しょべるかー
おばしまに　しゅんしゅうのひじ　つけにけり
はるしょうじ　あけてふたりに　にらまるる
へびいりて　ぬまのまわりの　ひきしまる
けっかいをこえ　たきおとに　ちかづきぬ

ガードレール跨ぎて滝を確かむる
61 滝音をかき消してゐる滝の音
一本の滝音われを取囲む
滝音のやや大空にずれて来し
62 雨の幕あがり新樹のオペレッタ
滝壺を拝借したる虹一本
滝音に濾されて孤独たましひは
63 一帯に垂れ込めてゐる滝の音
滝音の束つぎつぎと繰出しぬ
滝壷に音の脱け殻溢れくる
64 気迷ひの辺りの曲る氷柱伸ぶ
凍滝の壺までも差し押さへられ
音一つ落とさぬ構へ凍滝は
68 梅が香の呼び水井戸に注ぎけり
鍵束の音握り消し初音かな

がーどれーる　またぎてたきを　たしかむる
たきおとを　かきけしている　たきのおと
ひともと(いっぽん)の　たきおとわれを　とりかこむ
たきおとの　ややおおぞらに　ずれてきし
あめのまく　あがりしんじゅの　おぺれった
たきつぼを　はいしゃくしたる　にじいっぽん
たきおとに　こされてこどく　たましいは
いったいに　たれこめている　たきのおと
たきおとの　たばつぎつぎと　くりだしぬ
たきつぼに　おとのぬけがら　あふれくる
きまよいの　あたりのまがる　つららのぶ
いてだきの　つぼまでも　さしおさえられ
おとひとつ　おとさぬかまえ　いてだきは
うめがかの　よびみずいどに　そそぎけり
かぎたばの　おとにぎりけし　はつねかな

梅林の風の流れを嗅ぎ分けぬ
69 梅一枝大空に挑まんと咲く
単線と単線分かれゆく長閑
のどかさやまどかなとびのこゑことに
70 しらじらと海に流氷てふ領土
流氷の糸鋸復元画《ジグソーパズル》崩さるる
一斉に流氷死に場求め発つ
71 煙の帆つぎつぎ立てて堤焼く
蔓といふ導火線あり下もゆる
乱れ飛ぶひかり初蝶浮き上がる
72 褶曲とふ太古の譜面囀れり
耕しの己に空を混ぜてゆく
犬ふぐり大地にひかり夥し
73 日の誘ひ受けし一頭初蝶来
末黒野を突きて嘴を光らする

ばいりんの　かぜのながれを　かぎわけぬ
うめひとえ　おおぞらにいどまんと　さく
たんせんと　たんせんわかれ　ゆくのどか
のどかさや　まどかなとびの　こえことに
しらじらと　うみにりゅうひょう　ちょうりょうど
りゅうひょうの　じぐそーぱずる　くずさるる
いっせいに　りゅうひょうしにば　もとめたつ
けむりのほ　つぎつぎたてて　つつみやく
つるという　どうかせんあり　したもゆる
みだれとぶ　ひかり　はつちょう　うきあがる
しゅうきょくとう　たいこのふめん　さえずれり
たがやしの　おのれにそらを　まぜてゆく
いぬふぐり　だいちにひかり　おびただし
ひのさそい　うけしいっとう　はつちょうく
すぐろのを　つつきてはしを　ひからする

桜散る大地にいのち蒔くやうに
74 囀りを四方に拡声する一樹
凡百の容大空に咲く辛夷
耕しに大地の呼吸始まりぬ
75 囀りの染み込みたりし木戸開く
十薬の茂る裏手に出てしまふ
一匹を捉へ蟻地獄に落とす
76 水の沓履いてゆかしき水馬
磯桶に女の指の戻りけり
がんがぜの自己《おのれ》に向きし棘はなし
77 黒牛を大地に散らし揚雲雀
着地して蟷螂眼を飛ばしたる
六月の毛虫尽くしの一樹かな
78 螢火や川音《かはと》の節目には巌
空といふ布につばめの裁ちばさみ

さくらちる　だいちにいのち　まくように
さえずりを　よもにかくせいする　いちじゅ
ぼんぴゃくのなり　おおぞらに　さくこぶし
たがやしに　だいちのこきゅう　はじまりぬ
さえずりの　しみこみたりし　きどひらく
じゅうやくの　しげるうらてに　でてしまう
いっぴきを　とらえ　ありじごくに　おとす
みずのくつ　はいてゆかしき　あめんぼう
いそおけに　おんなのゆびの　もどりけり
がんがぜの　おのれにむきし　とげはなし
こくぎゅう(くろうし)を　だいちにちらし　あげひばり
ちゃくちして　とうろうがんを　とばしたる
ろくがつの　けむしづくしの　いちじゅかな
ほたるびや　かわとのふしめには　いわお
そらという　ぬのにつばめの　たちばさみ

ひとしきり老翁啼きぬ水鏡
79
連山を濁し早苗を植ゑてゆく
夏山に缶切りまはり始めたる
オンネトー湖の色を奏でよ糸蜻蛉
80
船虫に向かへば足の踏み場あり
蛸あるくページを捲るやうにして
時間歪みたるプールに飛込みて
81
向日葵のまなかデジタル外アナログ
雑兵は引き下がるべし兜虫
白妙の傘万緑に浴したる
82
十薬のプラス思考を冥暗に
湯上がりや風鈴一糸纏ひたる
わが濁り映して水のなほ澄める
83
秋意とは釧路原野を蛇行せる
湿原の狭霧に櫂の音馴染む

ひとしきり　ろうおうなきぬ　みずかがみ
れんざんを　にごしさなえを　うえてゆく
なつやまに　かんきり　まわりはじめたる
おんねとーこの　いろをかなでよ　いととんぼ
ふなむしに　むかえばあしの　ふみばあり
たこあるく　ぺーじをめくる　ようにして
じかんひずみ(ゆがみ)たる　ぷーるに　とびこみて
ひまわりの　まなかでじたる　そとあなろぐ
ぞうへいは　ひきさがるべし　かぶとむし
しろたえの　かさばんりょくに　よくしたる
じゅうやくの　ぷらすしこうを　めいあんに
ゆあがりや　ふうりんいっし　まといたる
わがにごり　うつしてみずの　なおすめる
しゅういとは　くしろげんやを　だこうせる
しつげんの　さぎりにかいの　おとなじむ

その朝は狭霧に我を置きて去る
84 湿原の秋空高くカヌー漕ぐ
霧多布の川に澪引く鹿二頭
一面に秋色映す水に棹
85 摩周湖の方角霧に問ひかける
鮭の川忽ち熊の川となり
神とふ字は田を貫けり案山子翁
86 ぼろかがし黄金の波に目を見張る
磔にしては呑気に案山子立つ
敵よりも仲間に距離を置く案山子
87 心傾け心を注ぐばつたんこ
縄引けば疾く剥がれたる稲雀
雀減りしことなど憂ふ鳴子守
88 角伐られとにかく走り出してゐる
四色の版に分かたれ秋の山

そのあさは　さぎりにわれを　おきてさる
しつげんの　あきぞらたかく　かぬーこぐ
きりたっぷの　かわにみおひく　しかにとう
いちめんに　しゅうしょくうつす　みずにさお
ましゅうこの　ほうがくきりに　といかける
さけのかわ　たちまちくまの　かわとなり
かみとうじは　たをつらぬけり　かかしおう
ぼろかがし　こがねのなみに　めをみはる
はりつけにしては　のんきに　かかしたつ
てきよりも　なかまにきょりを　おくかかし
こころかたむけ　こころをそそぐ　ばったんこ
なわひけば　とくはがれたる　いなすずめ
すずめへりし　ことなどうれう　なるこもり
つのきられ　とにかくはしり　だしている
よんしょくの　はんにわかたれ　あきのやま

出来秋に満足げなる日の沈む
89 豊年の空に鷹揚たる雲居
穂芒に撫でられたくて風戦ぐ
立往生して盛り上がる佞武多かな
90 厩栓棒にとんぼもじつと艶を出す
馬肥えて鞭しなやかに打たれけり
高原の霧に草食む音確か
91 芋の葉を大きく露のフィギアかな
虫の音に心の地平広がりぬ
空《うつほ》なり千の蜻蛉で満たすとも
92 風景を殺めてをりぬ威銃
捨て台詞残して去れり稲妻は
うら寂し雨後の添水の音ことに
93 稲妻の憂さ晴らすまで待つとせむ
時間軸まはし絵巻の紅葉狩

できあきに　まんぞくげなる　ひのしずむ
ほうねんの　そらにおうようたる　くもい
ほすすきに　なでられたくて　かぜそよぐ
たちおうじょうして　もりあがる　ねぷたかな
ませんぼうに　とんぼもじっと　つやをだす
うまこえて　むちしなやかに　うたれけり
こうげんの　きりにくさはむ　おとたしか
いものはを　おおきくつゆの　ふぃぎあかな
むしのねに　こころのちへい　ひろがりぬ
うつほなり　せんのあきつ(とんぼ)で　みたすとも
ふうけいを　あやめておりぬ　おどしづつ
すてぜりふ　のこしてされり　いなずまは
うらさびし(さむし・さみし)　うごのそうずの　おとことに
いなずまの　うさはらすまで　まつとせん
じかんじく　まわしえまきの　もみじがり

紅葉の幕間のごと茶屋に入る
94 全身に故郷刻み込む踊り
村明り遠くへやりて秋蛍
嘴よりも尖れる枝や鵙の贄
95 体反らし水吐くダムや色葉散る
鰡跳ねて月の光に打たれけり
星影に目の馴れきたる月夜茸
96 寒林を経て粗びきの星出づる
朝日子の滑り落ちては氷柱伸ぶ
老木の風格接ぎぬ尾白鷲
97 幾本も凍鶴刺さる大地《モシリ》かな
雁首をそろへ白鳥寄り来たる
銃口の第一声に凍りつく
98 来し方の闇を梟ふり返る
雪原は狐火ほどもあらば足る

こうようの　まくあいのごと　ちゃやにいる
ぜんしんに　ふるさときざみこむ　おどり
むらあかり　とおくへやりて　あきぼたる
はしよりも　とがれるえだや　もずのにえ
からだそらし　みずはくだむや　いろはちる
ぼらはねて　つきのひかりに　うたれけり
ほしかげに　めのなれきたる　つきよたけ
かんりんをへて　あらびきの　ほしいずる
あさひごの　すべりおちては　つららのぶ
ろうぼくの　ふうかくつぎぬ　おじろわし
いくほんも　いてづるささる　もしりかな
がんくびを　そろえ　はくちょう　よりきたる
じゅうこうの　だいいっせいに　こおりつく
こしかたの　やみをふくろう　ふりかえる
せつげんは　きつねびほども　あらばたる

眼前に氷海うしろ大雪原
99 ひとたびは放ちし鳥を暖鳥
太陽《ひ》の昇るおと霜柱傾ぐおと
見てしまふ焚火に抛り込むところ
100 弔問に雀来てをる捨案山子
ヒト属ほど狂うてをらぬ返り花
闇汁に妻も一枚噛んでをり
101 投降を木々に促す冬将軍
山祇の推敲紅葉且つ散れり
公転と自転のねぢれ鎌鼬
102 冬海や探照灯の刺さる闇
鯨らの呼吸《いき》灯台の灯の周期
106 高みより春観る俥駆け出しぬ
人降ろししタクシー拾ふ花の雨
逃水より逃ぐるがごとく離陸しぬ

がんぜんに　ひょうかい　うしろ　だいせつげん
ひとたびは　はなちしとりを　ぬくめどり
ひののぼるおと　しもばしら　かしぐおと
みてしまう　たきびにほうりこむ　ところ
ちょうもんに　すずめきておる　すてかがし
ひとぞくほど　くるうておらぬ　かえりばな
やみじるに　つまもいちまい　かんでおり
とうこうを　きぎにうながす　ふゆしょうぐん
やまつみの　すいこう　もみじ　かつちれり
こうてんと　じてんのねじれ　かまいたち
ふゆうみや　たんしょうとうの　ささるやみ
くじらのいき　とうだいの　ひのしゅうき
たかみより　はるみるくるま　かけだしぬ
ひとおろしし　たくしーひろう　はなのあめ
にげみずより　にぐるがごとく　りりくしぬ

107 蛤を開けて海市のビル模型
逃げ水に大音量の街宣車
長閑さは道の真中の軌道行く
108 滑らかに流れてをりぬレガッタに
紫雲英田の遠し鉄路に耳をあて
初蝶を触れ回りたる蝶のごと
109 小海線レタスの波に包まるる
岩礁に千手観音石牡丹
銅鑼打てば春光海を渡りゆく
110 菜の花の賑はひ積みぬトロッコ車
存分に蝉声吸へり枕木は
融通のきかぬレールを跨ぐ蟇
111 満員電車に汗の堅肉《かたじし》ねぢりこむ
炎天に捌かれゆくや貨車と貨車
どの窓も青田を湛へたる客車

はまぐりを　あけてかいしの　びるもけい
にげみずに　だいおんりょうの　がいせんしゃ
のどかさは　みちのまなかの　きどうゆく
なめらかに　ながれておりぬ　れがったに
げんげだの　とおし　てつろに　みみをあて
はつちょうを　ふれまわりたる　ちょうのごと
こうみせん　れたすのなみに　くるまるる
がんしょうに　せんじゅかんのん　いしぼたん
どらうてば　しゅんこううみを　わたりゆく
なのはなの　にぎわいつみぬ　とろっこしゃ
ぞんぶんに　せみごえすえり　まくらぎは
ゆうずうの　きかぬれーるを　またぐひき
まんいんでんしゃに　あせのかたじし　ねじりこむ
えんてんに　さばかれゆくや　かしゃとかしゃ
どのまども　あおたをたたえたる　きゃくしゃ

112
「前方よし、発車」万緑指差して
岩に棹当てて舵とる新樹光
潮流に傾いてゆくヨットかな

113
ガルウィングドア開け放ち青岬
夏草の茫々たるへ無限軌道車《ブルドーザー》
新涼へ大きく曲がる小海線

114
お下がりの昭和の電車すすき原
後ろ向きの座席回送八月尽
秋空へつつみ隠さず汽笛かな

115
上段は銀河に近き寝台車
鉄の路とふ清秋をひた走る
船頭の竿さす谿の錦かな

116
霧襖つぎつぎ開く前照灯
線路果つ先には昔蓬かな
眠る山くぐるにやかましき汽笛

ぜんぽうよし、はっしゃ　ばんりょく　ゆびさして
いわにさお　あててかじとる　しんじゅこう
ちょうりゅうに　かたむいてゆく　よっとかな
がるうぃんぐどあ　あけはなち　あおみさき
なつくさの　ぼうぼうたるへ　ぶるどーざー
しんりょうへ　おおきくまがる　こうみせん
おさがりの　しょうわのでんしゃ　すすきはら
うしろむきの　ざせき　かいそう　はちがつじん
あきぞらへ　つつみかくさず　きてきかな
じょうだんは　ぎんがにちかき　しんだいしゃ
てつ(くろがね)のみちとう　しゅうせいを　ひたはしる
せんどうの　さおさすたにの　にしきかな
きりぶすま　つぎつぎひらく　ぜんしょうとう
せんろはつ　さきには　むかしよもぎかな
ねむるやま　くぐるに　やかましき　きてき

117 午前二時踏切鳴らす雪じまき
除雪車の羽よりレール現るる
雪原のまなか駅名晒したる
118 雪しきり転轍機みな火を抱き
界隈の氷柱陽をもて溶接す
一両は枯野に呑まれ車両基地
119 東京の地下の路線図年始め
着陸後すぐさま離陸雪後の天
狐火の列踏切に途切れたる
122 魚は氷に追加合格ひとり出す
受験子のやけに胡椒をふりかける
入学試験終へて活字に飢ゑてをり
123 不合格子かくまで母を宥めたる
卒業を前に生徒の泣きに来る
グランドピアノに映り込みたる卒業歌

ごぜんにじ　ふみきりならす　ゆきじまき
じょせつしゃの　はねよりれーる　あらわるる
せつげんの　まなかえきめい　さらしたる
ゆきしきり　てんてつきみな　ひをいだき
かいわいの　つららひをもて　ようせつす
いちりょうは　かれのにのまれ　しゃりょうきち
とうきょうの　ちかのろせんず　としはじめ
ちゃくりくご　すぐさまりりく　せつごのてん
きつねびのれつ　ふみきりに　とぎれたる
うおはひに　ついかごうかく　ひとりだす
じゅけんしの　やけにこしょうを　ふりかける
にゅうがくしけん　おえて　かつじに　うえており
ふごうかくし　かくまではは を　なだめたる
そつぎょうを　まえにせいとの　なきにくる
ぐらんどぴあのに　うつりこみたる　そつぎょうか

124 漕ぎ出せば隣も漕ぎぬ半仙戯　こぎだせば　となりもこぎぬ　はんせんぎ
一ページ捲り一面菜の花に　いちぺーじ　めくりいちめん　なのはなに
卒業にたんぽぽの絮飛ばす風　そつぎょうに　たんぽぽのわた　とばすかぜ

125 木の芽時ラヂオテキスト手に取りぬ　このめどき　らじおてきすと　てにとりぬ
春闘の席火を吐けば凍りつく　しゅんとうの　せき　ひをはけば　こおりつく
こんな日は吾を沈丁の香に浸す　こんなひは　あをじんちょうの　かにひたす

126 春闘の平行線に着座せり　しゅんとうの　へいこうせんに　ちゃくざせり
クリックしクリックし入る春の闇　くりっくし　くりっくしいる　はるのやみ
空振りを見に来てくれし春日傘　からぶりを　みにきてくれし　はるひがさ

127 軽トラの待つ遠足の長き列　けいとらのまつ　えんそくの　ながきれつ
遠足や歌の力で登りゆく　えんそくや　うたのちからで　のぼりゆく
遠足の牧場に生徒放ちたる　えんそくの　まきばにせいと　はなちたる

128 抽斗の波打際の桜貝　ひきだしの　なみうちぎわの　さくらがい
春愁をサラドに混ぜて啄木忌　しゅんしゅうを　さらどにまぜて　たくぼくき
ガリ版にローラー走るつばくらめ　がりばんに　ろーらーはしる　つばくらめ

129 拗れても生徒は生徒つくづくし
囀りやなほ百段の登廊
斑鳩の塔と競へる松の芯
130 大和三山かくも雅に囀れり
囀の乙甲《めりかり》ゆたか聖林寺
声立てず小さき蜚蠊指し示す
131 生徒の死生徒に伝へ梅雨に入る
百日草と堪へ難きを耐へ忍ぶ
新緑に見入る生徒は叱らずに
132 斉読の声の揃ひて更衣
「僕」改め「私」と名乗る更衣
生徒の死問ひつづけたる日日草
133 投了を告げて扇子の動き出す
隊列をなして向日葵物申す
音高く追ひ越してゆく登山靴

こじれても　せいとはせいと　つくづくし
さえずりや　なおひゃくだんの　のぼりろう
いかるがの　とうときそえる　まつのしん
やまとさんざん　かくもみやびに　さえずれり
さえずりの　めりかりゆたか　しょうりんじ
こえたてず　ちさきごきぶり　さししめす
せいとのし　せいとにつたえ　つゆにいる
ひゃくにちそうと　こらえがたきを　たえしのぶ
しんりょくに　みいるせいとは　しからずに
せいどくの　こえのそろいて　ころもがえ
ぼくあらため　わたしとなのる　ころもがえ
せいとのし　といつづけたる　にちにちそう
とうりょうを　つげてせんすの　うごきだす
たいれつを　なしてひまわり　ものもうす
おとたかく　おいこしてゆく　とざんぐつ

134
黒板のみどりに倦みて樟若葉
炎熱忌生ぬるき湯に義歯浸す
さうやつて教師は育つ梅雨の雷

135
肝試し退部届を出すことに
彼氏が欲しいと叫ぶ乙女の青岬
叫声をかけ合つてゐる水鉄砲

136
被曝二世遺品に夏を語らする
津波後に残る校舎灼くるのみ
裏事情でで虫ほども知らざりき

137
合宿の花火の煙に巻かれたる
周囲より浮いてしまひぬ浮輪の子
二学期の教室のドア恐ろしき

138
拡声器より秋空に呼びかけぬ
心臓のポンプ働く体育祭
サックスフォン月夜に踊り狂ふ指

こくばんの　みどりにうみて　くすわかば
えんねつき　なまぬるきゆに　ぎしひたす
そうやって　きょうしはそだつ　つゆのらい
きもだめし　たいぶとどけを　だすことに
かれしがほしいと　さけぶおとめの　あおみさき
きょうせいを　かけあっている　みずでっぽう
ひばくにせい　いひんになつを　かたらする
つなみごに　のこるまなびや　やくるのみ
うらじじょう　ででむしほども　しらざりき
がっしゅくの　はなびのけむに　まかれたる
まわり(しゅうい)より　ういてしまいぬ　うきわのこ
にがっきの　きょうしつのどあ　おそろしき
かくせいきより　あきぞらに　よびかけぬ
しんぞうの　ぽんぷはたらく　たいいくさい
さっくすふぉん　つきよにおどりくるう　ゆび

139 文化祭終へ剥がす音抛る音
一棟に画廊群生文化の日
目に一冊留まり長夜へ引出しぬ
140 文机に秋思の頭しばし置く
新涼の古書店街を嗅ぎまはる
僕と言ふ少女と私青林檎
141 答案をつけ直ししてゐる夜長
被爆者とともに秘話逝く広島忌
人ひとりなく掃き終へて広島忌
142 本箱の隅に柄を出す秋団扇
赤い羽根胸にタピオカ吸ひあげる
手間取つて互ひに火照る赤い羽根
143 パソコンに貼付く勤労感謝の日
ハモニカのひと部屋ごとのそぞろ寒
上履きのかかと踏みたるままに冬

ぶんかさい　おえはがすおと　ほうるおと
いっとうに　がろうぐんせい　ぶんかのひ
めにいっさつ　とまりながよへ　ひきだしぬ
ふづくえに　しゅうしのかしら(あたま)　しばしおく
しんりょうの　こしょてんがいを　かぎまわる
ぼくという　しょうじょとわたし　あおりんご
とうあんを　つけなおしして　いるよなが
ひばくしゃと　ともにひわゆく　ひろしまき
ひとひとりなく　はきおえて　ひろしまき
ほんばこの　すみにえをだす　あきうちわ
あかいはね　むねにたぴおか　すいあげる
てまどって　たがいにほてる　あかいはね
ぱそこんに　はりつく　きんろうかんしゃのひ
はもにかの　ひとへやごとの　そぞろざむ
うわばきの　かかとふみたる　ままにふゆ

144
さえざえと閻魔帳見て生徒見て
紅葉散る教室はまだ着替へ中

145
掃き終へしところへ紅葉落ちたがる
氷川丸一等船室水洟かむ

146
掌をダルマストーヴ集めたる
落葉踏みゆけば空足踏みもする

147
雪しきり板書の音の他はなし
降誕節《アドベント》答案の束抱へ行く

148
ポインセチア声やはらかに裏返る
校庭に出来たての道雪だるま

不躾にかまくら覗くまた覗く
その後のかまくらすべて空洞化

小春日や授業忘れを告げらるる
冬ざれやチョーク塗れの手を洗ふ

跳ぶほどに大縄跳の昂ぶれり

さえざえと　えんまちょうみて　せいとみて
もみじちる　きょうしつはまだ　きがえちゅう

はきおえし　ところへもみじ　おちたがる
ひかわまる　いっとうせんしつ　みずはなかむ

てのひらを　だるますとーぶ　あつめたる
おちばふみゆけば　からあしぶみもする

ゆきしきり　ばんしょのおとの　ほかはなし
あどべんと　とうあんのたば　かかえゆく

ぽいんせちあ　こえやわらかに　うらがえる
こうていに　できたてのみち　ゆきだるま

ぶしつけに　かまくらのぞく　またのぞく
そののちの　かまくらすべて　くうどうか

こはるびや　じゅぎょうわすれを　つげらるる
ふゆざれや　ちょーくまみれの　てをあらう

とぶほどに　おおなわとびの　たかぶれり

149
少年の声寒柝を明るうす
告白にスケート靴の滑り出す
竹馬に慣れ荒馬になつてくる

150
極月に短きチョーク使ひ継ぐ
行く年の脚拭いてゆく大掃除
年の瀬や無言電話の呼吸音

151
年玉に大人のこころ透かし見る
脚本を手に繰り返し日脚伸ぶ
寒昴生徒の批判反芻す

152
「先生」と呼ぶ声来たる初乗に
加はれば忽ち餌食雪合戦
残響のなかに独りの初稽古

153
恋心伏せて歌留多を並べゆく
淑気かな色とりどりの和歌翔べり
五体投地の荒行終へて雪達磨

しょうねんの　こえかんたくを　あかるうす
こくはくに　すけーとぐつの　すべりだす
たけうまになれ　あらうまに　なってくる
ごくげつに　みじかきちょーく　つかいつぐ
ゆくとしの　あしふいてゆく　おおそうじ
としのせや　むごんでんわの　こきゅうおん
としだまに　おとなのこころ　すかしみる
きゃくほんを　てにくりかえし　ひあしのぶ
かんすばる　せいとのひはん　はんすうす
せんせいと　よぶこえきたる　はつのりに
くわわれば　たちまちえじき　ゆきがっせん
ざんきょうの　なかにひとりの　はつげいこ
こいごころ　ふせてかるたを　ならべゆく
しゅくきかな　いろとりどりの　わかとべり
ごたいとうちの　あらぎょうおえて　ゆきだるま

154

悶着は被ひ隠して去るコート
しはぶきをしつつ言の葉探したる
叱れない教師を叱る夜鳴蕎麦

もんちゃくは　おおいかくして　さるこーと
しわぶきを　しつつことのは　さがしたる
しかれない　きょうしをしかる　よなきそば

宮岸羽合「川音」句集評

二〇二五年三月三日初版第一刷印刷
二〇二五年三月九日初版第一刷発行

非売品

著　者　中原道夫
発行者　百瀬精一
発行所　鳥　影　社
長野県諏訪市四賀二二二九—一（編集室）
電話　〇二六六—五三—二九〇三
東京都新宿区西新宿三—五—一二—7F
電話　〇三—五九四八—六四七〇
印刷　モリモト印刷